青春阅读　幸得相见

大鱼

有爱的青春陪伴者

我家队长悄悄喜欢我

Qiaoqiao xihuanwo

茶泡饭 /著

百花洲文艺出版社
BAIHUAZHOU LITERATURE AND ART PRESS

图书在版编目（CIP）数据

我家队长悄悄喜欢我 / 茶泡饭著. -- 南昌 : 百花洲文艺出版社, 2021.4
ISBN 978-7-5500-3968-1

Ⅰ. ①我… Ⅱ. ①茶… Ⅲ. ①长篇小说 - 中国 - 当代
Ⅳ. ①I247.5

中国版本图书馆CIP数据核字（2020）第245121号

我家队长悄悄喜欢我

茶泡饭 著

责任编辑 李梦琦
特约编辑 欧雅婷
封面设计 孙欣瑞
内页设计 西 楼
特约绘制 Cain酱
出 版 者 百花洲文艺出版社
社 址 江西省南昌市红谷滩世贸路898号博能中心A座20楼 邮编：330038
电 话 0791-86895108（发行热线） 0791-86894790（编辑热线）
网 址 http://www.bhzwy.com
E-mail bhzwy0791@163.com
经 销 全国新华书店
印 刷 长沙鸿发印务实业有限公司
开 本 880mm×1230mm 1/32
印 张 9
字 数 223千字
版 次 2021年4月第1版
印 次 2021年4月第1次印刷
书 号 ISBN 978-7-5500-3968-1
定 价 39.80元

目 录

CONTENTS

第 一 话 …… 001
我发现，这个团体的成员是傻子

第 二 话 …… 014
沈春连是鱼的记忆吧！不对！连鱼都不如！

第 三 话 …… 027
神户牛排，价值九千九百九十八

第 四 话 …… 036
我被臭鸡蛋砸了

第 五 话 …… 052
和四个大老爷们集训，要命

第 六 话 …… 067
我抓你把柄，还不是分分钟的事

第 七 话 …… 080
嘿，你知道吗，我有你的小秘密

第 八 话 …… 094
怎么，游泳都能忘？

第 九 话 …… 107
因祸得福，我注定要洗白！

第 十 话 …… 130
我当然知道你是我爸！亲爸！

第十一话 …… 145
就算是对着我的脸，我也不会喜欢你

目 录

CONTENTS

第十二话 ………… 162
我卖的签名照，全网最低价好不好！

第十三话 ………… 174
我拍的照片，怎么会被别人拿出去爆料了？

第十四话 ………… 190
“辣手泽连”是什么鬼 CP 名，听起来好暴力

第十五话 ………… 204
“春耳 CP”PK“辣手泽连”？不好意思，我选“江陆”

第十六话 ………… 222
我喜欢的是你……哦，不是你

第十七话 ………… 235
你是我的人，保护你应该的

第十八话 ………… 252
骗我是需要付出代价的

番 外 一 ………… 263
做贼是什么滋味

番 外 二 ………… 272
牵手与你今夜星辉

后　　记 ………… 280
每迈出一步都像是一场冒险，都需要鼓足勇气

第一话× 我发现，这个团体的成员是傻子

我叫陆耳耳。

是 MQ 杂志社的头牌记者，杂志社的一些重要的明星朋友的访谈基本上都是我负责。

然而，前几天我遇到了一点麻烦——

我和 YUM 男团的成员小幺沈春连灵魂互换了！

现在是下午两点，距离 YUM 男团的新歌发布会还有五个小时。

我正坐在排练室的地上，因为紧张不停地在喝水，然后看着其他成员排练左右为难。

为难什么？

因为我不会跳舞……

“小五，你不练练？”一个顶着一头黄毛的男生停下动作走到我面前。

我抬头，大概思考了几秒钟就知道了他是谁。

沐凌，YUM 男团的主唱。

我有点不敢说话，怕暴露，就朝他笑了笑。

沐凌愣了好几秒，蹲了下来看我，说：“原来小五你会笑啊。”

紧接着，他没等我说话，就立马喊来了团内的其他成员——Rap 担当安铬和高音担当陈子轩。

三个人像看猴子一样围在我面前，时不时还挑逗两句：

“来，小五，再笑一个。”

“你放轻松点，来跟我学，笑。”

“我们小五笑起来比板着脸好看多了。”

……

不好意思，我觉得这个团有点“沙雕”。

正当我困于不知如何回应这三位哥们热情的时候，排练室的门开了，一个戴着黑色鸭舌帽，穿着白色 T 恤、外面罩着一件松垮的黑色竖条纹衬衫的男生走了进来。

是江泽野。

他长得很帅，就是传说中那种“撕漫男”，眼下有一颗小小的泪痣，很性感。之前他还因为这个上过好几次热搜。

江泽野把肩上的包放到我旁边，不知道有没有瞟我，反正他语气很冷就是了。

“你们都练好了？”

面前三个男生闻言迅速站直，走到镜子面前挥着胳膊。

我把目光移到江泽野身上，刚好接住了他的一个冷眼。

“你不练？”

三个字，令人窒息的冰冷。

我讪讪地站起来，四肢极其僵硬地挪动着，等到挪到了另外三个男生面前，发现他们都站好了站位，只余中间那个地方是空的，明显缺了个人。

于是，我就挺直腰板挪过去了。

然后我感觉身边三个人倒吸一口气。

沐凌跨出一大步，歪头在我耳边说：“位置错了错了，这是老大的！”

声音很小，但其实在安静的排练室里还是很明显。

我有点尴尬，准备快速挪位置，至少位置站对了还能拖延点时间，结果却被喊住了。

“小五。”站在对面的江泽野喊我名字了。

我觉得是个不好的征兆。

于是，我决定先发制人——

“我刚刚脑子混了！不好意思，不好意思！”

然后，周围的人又安静了。

“我没听错吧，小五刚刚说了两句话。”

“还是对老大说的。”

“有长进，有长进。”

身后三个人在窃窃私语。

我愣住。

这沈春连怕不是个傻子吧！面无表情不说话的那种？

后来我才知道，沈春连其实很怕江泽野，怕到一般对话不会超过十个字。

因为要排练新歌，不可避免要开始跳舞。

于是我装肚子疼上了五趟卫生间。

坐在卫生间的隔间里，我给沈春连打电话："怎么办？等会儿我要代替你跳舞了，我觉得下一秒你就会被粉丝赶出娱乐圈。"

电话那头的沈春连陷入沉默。

我突然想起我和沈春连灵魂互换那一天。

在我和他达成共识之前，他也是这么沉默。

那个时候我是在追骗我钱的黄牛，他是逃开追他的粉丝。

我俩在转角遇到，他那个时候"武装"得严严实实，要不是他露出的眼睛，我都差点没认出他。

毕竟众人皆知，沈春连有一双美丽的桃花眼。

本来事情就可以这样结束了。

奈何我多管闲事，替他拦了要用"大炮"砸他的粉丝，然后没站稳坐在了他身上……

当时的我被"大炮"砸得有点昏，但是意外地不疼，然后我看见一个女生开始往我旁边倒。

我一看。

嘻，那不就是我吗？

等等，那是"我"的话，那我又是谁？

直到我低头看向自己的裤腰带，然后又摸了摸自己的脸。

苍天啊！大地啊！见鬼了啊！

医院里，等到"我"醒了后，我迅速走到了病床边。

“我”看到我的时候很明显吓了一大跳，迅速闭上了眼，缓了好一会儿才重新睁开。

我试探性地叫了叫他：“沈春连？”

“叫我干吗？”

嗐，脾气还挺冲。

“没什么，就想问问你打算怎么办。”

他冷，我也冷，我莫得感情。

“我们怎么变成这样的？”沈春连迟疑了一下，缓缓开口。

接下来的时间，我们梳理了我们相遇的起因、经过，以及结果，并没有找到什么异常。

“我追人，你被追；我追黄牛，你被粉丝追。”

“不是的。”他突然出声纠正我。

“嗯？”

“是‘私生饭’。”

“厉害啊，竟然火到有‘私生饭’了哎。”

我之前采访过他们团，沈春连算是团内最默默无闻、没存在感的人，这么没有存在感的人竟然会有“私生饭”，这真是我意想不到的。

然而，沈春连只是白了我一眼。

“是我们团其他成员的‘私生饭’。”

“……”

“威胁我退出娱乐圈。”

“还有这种事？”我目瞪口呆，“那你怎么不退团？”

说完，我后悔了，身为记者，问这样的问题是大忌啊！

沈春连没生气，垂着眼解释：“我想证明自己，所以请你帮我，一定不要退出。”

看着眼前这个纯洁无邪的“女孩子”，尽管我知道那是我的样子，但还是忍不住母性泛滥答应了。

说实话，“我”垂眼沉默的样子还蛮好看的。

但是，我忽略了沈春连走在路上都有人拿“大炮”砸，那我以后的安全问题怎么办？

沈春连没沉默太久，说了句“我马上赶到”，便挂了电话。

我从马桶上站起来准备出去，手机又响了，来电显示“霸王龙”。

之前协商的时候，为了不暴露自己，我和沈春连交换了手机。

手机是沈春连的，这个备注又很奇怪，所以我犹豫了一会儿才接起来。然后我听见了一个熟悉的声音，差点没吓得我把手机扔了。

“你在哪里？”

“江……江泽野？”

对面的人沉默了。

我感觉他们这个团真的很喜欢沉默，用沉默制造压力。

对面若有似无“嗯”了一声。

我强压内心忐忑：“我在卫生间……”

“没看到你。”

“我就在卫生间啊，我……”我拿着手机走出去，发现这个环境有点异常。

啊啊啊！我忘记自己现在是个男的了！

我惊慌失措地大步走出去，生怕哪个妹子突然进来觉得我是个变态。

虽然我灵魂就是个女的。

然后，我一出门，就遇到了江泽野。

他从女卫生间旁边的男卫生间出来了……手上拿着一袋药。

我们两个面面相觑。

我迅速低下头，大脑飞快转动，思考着该如何跟江泽野解释我是从女卫生间出来的事实。

他估计也是不知道该说什么，眉头微蹙着。

后来还是他打破沉默：“你……”

我猛地抬头看他：“真的不是你眼前看到的这样，我是有原因的！我不是变态！”

他摇了摇手：“你过来，别让人误会。”

“哈？”

我转头看向我身后的指示牌，真是糟糕，我都忘记我此刻正站在女卫生间门口了。

回到排练室后，我和江泽野谁都没说话。

江泽野把药和水给我之后，就带着其他三个人跳舞抠动作。

等到顺了一遍后，江泽野对我说：“小五，你还有两个小时的时间排练。”

我：“……”

时间怎么过得这么慢？

幸运的是，沈春连的电话来了，我第六次假装肚子疼溜了出去。

沈春连站在楼梯口，一看到我就把我拉到了走廊尽头的排练室。

“啪嗒——”锁上了门。

“你怎么进来的？”我问他。

“用了你的记者证。”

“哦。”我恍然大悟，“今天你替我上班怎么样？”

“不怎么样。”

“不怎么样是怎么样？”

“你的老板不批假，然后我……”沈春连顿了顿，“翘班出来的。”

“……”

沈春连，我杀了你！我好不容易坚持的全勤奖啊！

沈春连无视我杀人的目光，把我拉近：“今天的舞，我带你跳一遍？”

“来得及？”

“嗯，教人跳舞我还是比较擅长的，而且这次新歌的舞也简单。”

“行吧。”

沈春连打开手机播放音乐，然后在我前面领跳。

一曲毕。

他晃了晃脑袋：“你等会儿到了台上直接装晕倒吧。”

“？？？”

“一个动作都别跳。”

“为啥？”

“顶着我的身体太丢人了。”

我微笑着瞪大眼睛，咬牙切齿。

你这小可爱，嘴巴倒是挺毒的哦。

我们从排练室出来的时候，江泽野靠在门口的墙上，吓了我一大跳。

“老……老大。”沈春连在我旁边吓得小声叫了下他。

瞧这㞞样，刚刚怼我怼得还理直气壮来着。

然后，我拍了他的背一下，提醒他不要穿帮——他现在可是我，陆耳耳。

沈春连反应过来，立马改口，歪头望我：“你……你老大。”

我笑嘻嘻地抬头，乖巧又可爱：“老大好。”

然后，我看到江泽野直接无视我，望向沈春连：“陆记者，好久不见。”

我看见沈春连的手抽搐了……

“好……久不见。”

“陆记者怎么这么早到了？发布会在二楼大厅，这边是排练室。”

潜台词：这里不是你该来的地方。

沈春连咽了咽口水，说：“我好像走错了，谢谢哈。”说完脚底抹油一般跑了。

我本来还准备看沈春连笑话的，结果他跑了，旁边那个阎王便把目光投向了我。

我成了笑话。

“小五，你最近是不是有什么心事？”

“没有啊。”我斩钉截铁道。

“那你还记得你进团的初衷吧？”

初衷？什么初衷？我有点迷茫。

但是面对着板着一张黑脸的江泽野，我还是点了点头。

“知道就好。”江泽野拍了拍我的肩，“一步错，步步错，不要犯错啊。”

“……”

你在说什么啊？我怎么听不懂啊？

上台前，作为舞蹈担当的我，一遍舞也没有练。

不过我还是跟沐凌确定了下站位，我觉得既然等会儿要晕倒，那晕倒的业务水平也是要高一点的。

台上的主持人介绍完我们团体后，紧接着音乐响起，我跟着江泽野屁股后面走，还撞了他一下。

他朝我放了一个眼刀。

我迅速低头假装没看见的样子。

等到站好，新歌的伴奏来了，我跟着他们转了一圈，然后在心里默数——

三，二，一。

我晕。

然后我倒在了舞台上。

因为太用力，我甚至听到了骨头和地面撞击的声音。

太疼了。

但是我没敢睁开眼睛，我就只支着耳朵听。

感觉周围似乎有点杂乱，没过多久，我感觉自己被腾空抱起，伏在一个人的背上。

我悄悄睁开一条眼缝。

是江泽野。

我在江泽野背上。

说实话，闭着眼睛太容易睡着了。

不知道自己睡了多久，醒来的时候我发现自己躺在宿舍里。

旁边没有人，一盏小夜灯发出微弱的暖光。

YUM男团的宿舍是一栋两层楼的小洋房，一楼是排练室、录音间、会议室，二楼是三个房间，两两一间，队长单独一间。

我从床上爬起来，感觉肚子有点饿，于是下楼想去厨房找点东西吃。

然后，我听见了一声呵斥。

“练了这么多遍为什么还跳不齐？”声音源头指向排练室。

刚拿出一个面包咬了一口的我，忍不住打了个冷战。

我决定吃完赶紧回房间装睡，能躲就躲！

然而，我还来不及上楼，就像是有什么感应一样，江泽野从排练室走到门口。

“沈春连，你过来。”

我心想，完犊子了。

我带着一抹尴尬而不失礼貌的微笑，回头招了招手：“老大，好巧啊。”

江泽野没理我，走进了排练室。

没办法，我也厚着脸皮走了进去。

排练室灯很亮，我眯了眯眼。

大家都站在那里，满头大汗，感觉已经练了很久了。

我悄悄地把面包藏在了身后。

“大家休息一下，我说点事情。”江泽野见人齐了，把大家喊了过来。

“老大，你说。”安铬拿毛巾擦了下头。

江泽野面色沉重，声音也有点低沉：“公司决定下个月那个打歌演出我们不参加了。”

“什么？”

我看到大家的表情都是一致地难以置信。

“很抱歉，作为队长，没能抓住这次机会。”

大家沉默了，都不知道该说什么好。

而我，说不清自己到底是个什么心情。

按理说，打歌演出取消对我来说应该是件好事，毕竟我只是个冒牌货，出去也是砸了他们组合的名声。

可是看着他们垂头丧气的样子，我又觉得很心虚。

“是……因为我晕倒吗？”我拽了拽江泽野，说出了自己的疑问。

江泽野看了我几秒：“对不起小五，你努力了这么久最后没能让你上台。”

“……”

江泽野的眼神很真挚。

就是因为这样的真挚，我差点当场给他跪了。

都是我的错啊！我毁了你们！

可是我真的没办法啊！我现在年纪大了重新学跳舞也来不及了啊！

我真的对不起你们啊！

江泽野的内心活动

我叫江泽野，YUM 男团队长。

团内年纪最大，所以对这帮孩子总是操心着。

生活中当妈，工作中当爸，其实也挺累的。

但是孩子们很可爱，也很努力，看起来也蛮欣慰。

只是最近……

怎么说呢？

我觉得小五变了。

小五是我们团最小的孩子，为人低调，也很刻苦，除了跳舞好一点，其他都一般。

所以我对他会严格一点，也老是骂他。

之前他是排练室的“蒂花之秀”，每次排练一定是最后走的，而且上台前也是掐着秒表抓紧练的。

我说什么，他总是“好好好”，每次看见我都怯生生地喊我“老大”，低着头，打死都不看我。

结果最近，我发现，他松懈了，并且还有点想反抗的意思。

在排练室喝茶、找借口溜号，甚至还勾搭女孩子眉来眼去……

偶像失格啊！

我不禁在想，是不是我管他管得太严，然后把他逼疯了。

现在往里收收还来得及吗？

第二话×

沈春连是鱼的记忆吧！
不对！
连鱼都不如！

周末，没有通告。

原本是可以睡一天的，然而我有一个早起晨练的室友陈子轩。

陈子轩大早上噼里啪啦一顿收拾，我翻了个身捂住耳朵。

陈子轩察觉到我醒了，凑近：“小五，你不去晨练吗？平时你都跟我一起的。”

我迷迷糊糊地回复：“不去不去，我要睡觉。”

陈子轩没有多说什么，关上门走了。

就当我觉得世界安静，可以美美地睡上一觉时，我的手机响了，并且吵得非常凶。

我气急败坏地坐起来，按下接听键。

电话那头的人没有任何停顿地开始说话：“完了，你老板要我去采访我老大，完了完了，我怎么能做到，我做不到啊。”

“……”

“怎么采访啊？一想到采访对象是我老大，我就瘆得慌。”

“……”

我没睡醒，脑子没转过来。

电话那头的人见我没说话，接着说：“你要是再不说话，我就落跑了哦。”

这句话彻底打醒了我。

“沈春连？”

“嗯嗯。”

“你要是敢跑看我怎么弄死你！”

“……”

于是，我起床了。

然后我出门了。

一出门就撞上了西装笔挺的江泽野，看样子像是准备出门。

我凑上去：“老大，你要出去？”

江泽野愣了一会儿：“嗯，有个采访。”

“你需要助理吗？”

“不需要……”

“那你介意有个小跟班吗？”

江泽野沉默了一会儿：“再过三十分钟出发，你去洗个澡。”

“嗯？”

“有点臭。”

“……”

我心里虽然在吐槽，但还是乖乖去洗了个澡。

洗澡的时候，我先是咬着牙把衣服脱光了。等走到镜子前，我先是不太好意思地闭上了眼，后来想，这副身体以后可能还得给它洗很多的澡，每次都这样也太假了吧。

于是我索性就睁开眼睛看，顺便还摸了摸……

洗完澡后，我出来做的第一件事就是给沈春连发微信。

“朋友，我感觉你的身材不是很好的样子。”

那头很快回复。

以一串省略号表示了他的愤怒。

我跟江泽野出了门。

保姆车里，车后座只有我和他两个人。

江泽野非常悠闲且淡定地靠在车椅上，听着高雅的古典乐，手上端着一个高脚杯，里面装着红酒。

极其装样儿。

我把视线从他身上移开，望向窗外，想这样安静地待着。

没想到他开口问我：“小五，你身体好点了吗？”

我扭头，因为太过用力，脖子有些刺痛。

“好了好了，可好了。”我边揉脖子边回应。

江泽野点点头：“嗯，那就好。过两天我们要封闭式集训，我就不用担心你了。”

五雷轰顶。

绝对是五雷轰顶。

“一定要去吗？”我弱弱地问。

“嗯，必须去。”江泽野把高脚杯放到小桌子上，然后闭目养神。

我不敢再说话，缩到一边想办法，越想越觉得，自己得赶紧跟沈春连换回来。

这个时候，我完全没注意到江泽野正在打量我，并且若有所思。

等到车停在丰和大厦前，我立马拉开车门下去。

抱着要赶紧和沈春连碰头的心情，我直直地走向门口，结果被保安拦住了。

“先生，这边是员工通道。”

我忘记了，我现在不是陆耳耳。

江泽野在另一边喊我：“小五，跟上。”

我屁颠屁颠地跑过去。

进了大厦，江泽野又跟我说：“丰和蛮大的，你别乱跑。”

丰和是蛮大的，一共二十几层，安保也很严格。

可是，怎么说呢，这里我还蛮熟的哎……

我一路跟在江泽野后面，到 MQ 杂志社的时候，一个西装笔挺的中年男子迎了出来，是我的直系上司孟主编。

孟主编先是跟我们握了握手，然后跟江泽野说：“何云今天没一起来？”

何云是 YUM 男团的经纪人。

“何姐今天有事，反正和你们都是熟人，也都放心。”江泽野微笑着解释。

孟主编大概被这句“熟人”取悦了，脸上绽开笑容，身子偏了偏，将我们迎进了采访间，边走边说：“今天专访你的还是陆记者，你还记得她吧？”

“记得。”江泽野说，“长得很漂亮。”

站在旁边被江泽野夸漂亮的陆小姐本人很是得意。

等到了采访间，我和江泽野都已经落座，几个工作人员坐在我们面前和我们对稿子。

“陆耳耳呢？”孟主编略小声地问他身后的秘书。

“好像……好像还没到。”

好巧不巧，对话我听见了。

我的笑容凝固住了，然后我迅速掏出手机，连发两条信息：

“沈春连，你怎么回事！采访别人自己迟到？”

“你别砸了老娘招牌我跟你说！不然我跟你拼了！”

发完之后，我感觉自己气得浑身燥热，端起桌上的矿泉水瓶灌了一大口。

就在这时，门开了，一个女人走了进来，接着是细细的女声：“不好意思，路上堵车迟到了。”

我抬头一看，然后喷了……

请问这个穿得五颜六色的，头发爹开的女人是谁？

我怎么感觉自己瞎了。

整场采访我都坐在江泽野旁边，看他认真诚恳地回复沈春连的问题，并且眼神专注。

说实话，我脑壳疼。

这真是太为难江泽野了。

原本采访按部就班，还算是流畅，我眼瞎的同时，好歹也松了口气。

结果意外还是来了。

沈春连卡壳了。

沈春连在对面给我使眼色：嘿！我不知道问什么了！

我冲他使眼色：随便问点打发下就行。

兴许是我们两个太过明目张胆，江泽野有所察觉，他扭头问我：“小五，你眼睛怎么了？”

我被他吓到，差点眼睛抽搐。

我迅速捂住眼睛，说：“被什么迷了眼。”

“我看看？”

他向我凑近，我闻到了他身上淡淡的木质冷香。

嗯？什么香水？

我又偷偷地吸了两口，另外一只眼睛眯成缝，眼见他就要扒拉开我捂住眼睛的手，我立马逃开，朝向沈春连：“沈……嗯啊，陆小姐，你有眼药水吗，可以借我吗？”

沈春连迅速站起来：“有有有，我给你拿。”

“我跟你去啊！”说完，我就跟着沈春连出去了。

等到了外面，我挥手想拍他，但碍于这是我的身体，于是强行收了回来。

“你穿的都是什么鬼？”我嫌弃地指着他这一身“火鸡”打扮。

其实沈春连穿得并不算难看，只是因为颜色太过鲜艳，穿搭的配色差不多有七种，头发还卷了大波浪，实在是引人注目。

这和平时的我一点也不一样。

“你不觉得很时尚吗？Cool Girl！”从语气中能够感觉到沈春连飘了。

我因为嫌弃往后退了一步。

我想了想还是靠近他，抓住他的手抱拳：“答应我，不要再恶搞我造型了好吗？我走知性风的。”

“那你不准歧视我身材。”

“……”幼稚！

等我跟沈春连沟通好事宜后，我们再次回到采访室。

回来的时候我感觉江泽野不是很开心的样子，我觉得肯定是因为他等太久了。

都怪沈春连。

在外面我临时给沈春连一张便笺，只要他按照上面的问题采访基本不会出错。

没想到他简直是鱼的记忆。

“你们的新专辑销量不错，而且据说你们这次……有什么设计，嗯……”对面沈春连急出汗了。

我看不过去，插嘴：“这次新专辑每个人的形象设计可以给我们介绍一下吗？”

“……”

“……”

沈春连松了口气，江泽野满脸质疑。

“你怎么知道问题的？”江泽野歪头问我。

我愣住了：“呃……那个……我猜的！”

“猜得真准。”

“对……对啊……”

等到我的视线重新转回去，我看见沈春连额头上的汗更多了，假睫毛还掉了。

采访完要去拍照片。这次主题是成长，所以照片风格也是往胶片复古的方向走。

道具很多，杂志社派了两辆车。一辆是采访车，空间大放器材和道具的；另一辆是载嘉宾和记者的。

我、江泽野、沈春连跟着大家走到停车场。

摄影小姜跑了过来，给了沈春连一串钥匙：“小李拉肚子了，陆记者你来开车可以吗？”

陆记者是可以的。

但是陆记者身体里面的沈春连不可以。

谁不知道沈春连是个骑自行车都能摔八次跤的小菜鸟。

我抢过钥匙：“我来开吧。”

“你来？”旁边的江泽野满脸写着“难以置信”。

我又意识到，我现在是骑自行车都能摔八次跤的沈春连。

于是，我结结巴巴地解释：“让女孩子开车好像不太绅士。”

“那我还想要命。”江泽野冷冷地拿过我手里的钥匙，径直走向驾驶座。

“让嘉宾开车不好吧。”我小声嘀咕，但现在好像也没有什么特别好的办法，于是只好尴尬地鼓了鼓嘴，招呼着沈春连上车。

正当我打开副驾驶座准备上车的时候，江泽野制止了我。

“你坐后面。”

“哈？”

我揉了揉耳朵，以为自己听错了，接着我听见他说：“陆小姐坐副驾驶带路吧。”

“陆小姐”听完脚步迟疑了，但理由太过充分让人无法拒绝，只好坐上了副驾驶。

等到大家都上了车，江泽野发动车子，但没开。

“陆小姐，安全带。”他提醒着沈春连。

沈春连连声答应，但大概是因为过于紧张，怎么都抽不出安全带。

然后，我看见江泽野叹了口气，俯着身子靠近沈春连……把安全带拉下来给他扣上了。

江泽野因为拍摄需求换了件白色 V 领的衬衫，俯身的时候可以看到他若隐若现的锁骨。

沈春连脸一下子红了，而坐在后面的我咬牙切齿。

怎么能这样！

本来这样的福利应该是我的！

我的！

到了拍摄地的时候，我感觉有什么变了。

我发现江泽野不怎么理我了，而且他还以各种借口拉着沈春连不让沈春连跟我搭话。

杂志社的拍摄地选在了江边的芦苇荡，芦苇被风吹得摇啊摇，还挺有感觉的，因为我只是来陪江泽野的，也没什么事做。

再加上沈春连要盯着江泽野拍摄，我一个人闲得无聊，就走到江边散步。

过了好一会儿，我收到了沈春连的微信。

沈春连：“救命啊，为什么要让我跟我老大单独相处？”

沈春连：“他还约我下班吃饭！”

沈春连：“我不想！”

我冷哼了一声，淡定回复：“他可能看上你了。”

沈春连：“？？？”

沈春连：“我不要我老大看上我啊！”

沈春连：“我取向很正常的！”

沈春连：“等等！不对，我现在是你啊，难道我老大看上你了？”

我差点又忘记这茬了！

心情慢慢阴转多云，我就说自己的人格魅力很是独特。

然而，一桶冷水迅速泼来——

沈春连：“应该不可能，我老大应该不会瞎。”

江泽野的内心活动

如我所料。

我们团里的小五早恋了，啊不，恋爱了。

对方是和我们有过几面之缘的女记者，好像是叫陆什么耳。

啊，对，陆耳耳。

我为什么会这样猜测呢？

事情应该是从今天白天开始，我的采访他偏偏要跟去。一般情况下，他都是躲着我的，当我的跟班，借他几个胆子也不敢提。

等到了 MQ 杂志社的时候，我明白了为什么。

因为今天负责采访的记者是陆耳耳。

我记得新歌发布会那天，陆耳耳也出现在了排练室，并且和他眉来眼去。不知道小五晕倒跟这个陆耳耳有没有关联，希望是没有吧。

我从陆耳耳出现就一直在观察他们。

采访的时候，我又用余光瞟小五，小五的目光一直都在陆耳耳身上，完全没有察觉我在看他。

还有他借着迷眼睛和陆耳耳出去窃窃私语。我不知道他们是有意还是无心，采访室的门是玻璃做的啊，尤其是我的位置还正对着门，他们的一举一动我都能看见。

勾肩搭背，你打一拳我打一拳的。

无一不透露出“危险”的信号。

我希望是自己想多了。

就当我想无视这一段的时候，小五竟然帮陆记者问问题了……

我有点怔住了，采访问题都是临时的、保密的。小五既然知道问题的话，很明显是提前看过的。那他什么时候去找了陆耳耳呢？

我感觉我不知道的事情真的太多了。

林子大了，小五也开始想飞了。

但是，偶像是不能谈恋爱的，尤其是小五他还没有被大众接受的时候。

所以我决定不能让小五错下去，必须要采取一些措施了。

首先，我截住了那串车钥匙。我至今也想不通，为什么不会开车的小五为了陆耳耳要抢着开车，就算是心疼人家，也不能拿人家的生命开玩笑啊。

我有点生气。

生气到副驾驶都不想给他坐。

但又想到不让他坐副驾驶他就会跟陆耳耳坐一起，指不定还增进了他们的感情。

助攻的事我不做。

于是我随便找了个借口把陆耳耳叫到副驾驶座，果然我透过后视镜看到了小五满脸怨念。

唉，实锤了。

拍摄的时候，为了不引起非必要的冲突，我打算晾着小五，让他静静。

小五果然很自觉地走开了，然后我回过头想跟陆耳耳说话，发现陆耳耳眼里又带着些惊慌。

我猜测，他们可能吵架了。

做破坏别人感情的事情实在太缺德。

但为了小五的未来，当个坏人我认了。

拍摄快结束的时候，我走到陆耳耳身边，想直接跟她说关于小五的事情，没想到一低头就看见她泪光闪闪的样子。

让我猛地想起小五当练习生时期的样子，有点心疼。

于是我约了陆耳耳吃饭，我觉得说得太直接的话，可能会伤害她弱小的心。

所以我得好好思考，怎么劝她比较好。

第三话×

神户牛排，价值九千九百九十八

慕色餐厅。

我坐在距离江泽野和沈春连不远处的位置上，戴着口罩、墨镜，手上还拿着一本杂志挡着脸，生怕别人认出我。

服务员来我的位置提醒了三遍：“先生，请问您需要点些什么？”

闻言，我把视线转回来：“我还没想好。”

“不好意思，先生，现在是晚餐高峰，很多人都在排队呢。”

“……”

话都说到这个份儿上了，我也不好意思不点，所以我也没想太多，随手指了一份牛排，然后继续观察。

直接无视了服务员那张震惊的脸。

我这个位置距离他们，说远不远，说近吧，也没有很近。

毕竟他们说啥我根本听不太清，只能看见“我”的那张脸表情十分精彩，还没过多久，已经有点梨花带雨的架势了。

眼看着沈春连离座，我立马跟了上去，最后我在卫生间门口截住了他。

“你老大跟你说啥了？”

沈春连不知道想什么，被突然出现的我吓了一大跳。

“谁啊？是你……”

“不然你以为是谁？”我回击。

沈春连白了我一眼，欲言又止。等到他要说的时候，我们察觉到隐约有脚步声。

左边是男卫生间，右边是女卫生间，我们两个在门口争执拉扯着。

最终，沈春连因身躯娇弱，被我强行带入了男卫生间。沈春连还因为这几天好不容易纠正的习惯闭了闭眼，后来发现卫生间没人，又睁开。

由于这一连串的条件反射，弱小无助的沈春连终于说了脏话。

我没理他，自顾自问他：“你老大说什么了？”

“唉……”沈春连回想起江泽野说的话，忍不住晃了晃脑袋，叹了口气。

我也叹了口气。

说真的，他再磨叽，我可能会忍不住打人。

沈春连回忆了一下之前发生的事情，非常深沉地告诉我：“老大说，如果我分心了，之后可能会被强行退团。”

“退团了之后呢？”我歪着头，疑惑地问他。

“关键是我不想退团啊……我还想找机会证明自己呢！”

“关键是这个吗？”我再次陷入疑惑，“关键问题不应该是，他为什么找你说，你可是陆耳耳啊？”

我把“陆耳耳”这三个字咬得极重，生怕他没有 Get 到我的点。

沈春连沉默了许久。

估计他自己都没反应过来……

就在这时，门外传来由远及近的脚步声。碍于目前沈春连还是个女同胞的身份，我一把将他抓进了卫生间隔间，因为一时没站稳，他“砰”地坐在了马桶上，双眼瞪大。

我对他比了个“嘘”。

门外传来水流声，估计是有人在洗手。

我压低声音，对他说：“我估计江泽野可能……”

“嗯？”

“可能喜欢你！”说完，我指着沈春连，发觉是自己的脸，立马又迅速否定，“啊，不对！是喜欢我。”

毕竟我是 MQ 杂志社的一枝花，还是花开不败的那种。

“不可能！”沈春连从马桶上跳起来，“我老大绝不可能这么没眼光！”

“你又知道了？”

“这才几天啊，更何况现在你身体里的人是我不是你！ OK？”

言外之意，有魅力的是他。

我被沈春连的反应震得哑口无言。

嘿，朋友，本人就在你面前，可不可以不要直接在我面前损我啊？

我刚想说什么回击，身后的门被敲了两下，紧接着被推开，江泽野目瞪口呆的一张帅脸出现在了我们的面前。

我们三个人瞪着眼，沉默……

然后，我歪头去看沈春连，发现沈春连不知道什么时候换了个姿势，此时趴在墙上，一副要死的样子。

“那个，不是你看到的这样……”我先开了口。

开了口，我就想把自己打死，这不就是不打自招了？

“咳——”江泽野咳嗽了两声，强装镇定，“你们继续。”说完，还贴心地把门给关上了。

我带着一抹尴尬的微笑望向捶墙的沈春连。

“我们刚刚怎么就……”

忘记锁门啊！

各回各位，很是尴尬。

沈春连坐回去没多久，就跟着江泽野站了起来，然后离开了餐厅。

我坐在位置上很是苦恼。

这时，服务员来了，给我递了张账单。

“先生，我们餐厅马上要打烊了，这是你的账单。”

我面无表情地接下，然后面无表情地低头一看。

当我看到那个数字的时候，震惊不已。

“什么牛排要九千九百九十八元？”

我在椅子上往后缩了缩，账单还被我扔在了桌子上，发出“砰”的一声。

“先生，这是我们餐厅从日本空运过来的顶级神户牛排。”

“为什么之前你不提醒我价格！你这是欺骗消费者！”

我捂着心脏，对于一个兢兢业业努力奋斗的小记者来说，这可是一笔大数目！

“先生，我们家的神户牛排售价已经很良心了，隔壁卖一万五！”

“……”

“先生，你好像有点眼熟，你是不是……”服务员突然意识到什么，凑近了我一些。

“不是。”我很坚决地打断了他，并且故作姿态地甩了下头发，“我不是什么大明星，你可以走了。”

支开服务员后，我对着空空如也的、沈春连的钱包，发愣。

手机是沈春连的，里面的联系人除了他，也就只有江泽野稍微熟悉一点。

沈春连这货，看起来也不像有钱……

可是这个时候找江泽野也太没志气了吧。

刚刚还在卫生间撞见了！

尴尬死了！打死我也不找他！绝对不找！

四十分钟后。

江泽野领着我走出了慕色餐厅。

我在他身后不敢出声，尿得跟他孙子一样。

“你……”江泽野突然转身，指着我，“你怎么在这儿吃饭？”

“不在这儿吃，怎么能在卫生间被你撞上？”一时没过脑子，我脱口而出。

说完，我意识到不太对，赶紧补救：“我是说，这家牛排挺好吃，哈哈哈！”

江泽野意味深长地看了我一眼：“是挺好吃的，好吃到都没钱结账。”

“求你别说了……”

“小五，你是信用卡刷透支了，还是……”江泽野凑近我，上下打量，“还是又忘记密码了？”

卡？什么卡？

沈春连竟然有钱！

我猛地抬头，一不小心正好对上江泽野的眼睛。

此时我和他面对面，脸贴得有点近，再加上今天天气有点冷，我都能感受到对方呼吸时的气息。

我往后退了一步，拉远了距离，耳朵抑制不住地烧了起来。

妈耶！

我可是个“大男人”！这距离有点犯规了啊！

回到宿舍，江泽野把人员聚集在排练室，发布消息。

我还沉浸在刚刚的情绪之中，沐凌走到我旁边，小声说：“小五，你刚刚干什么了？”

我歪头望他：“啥？你说啥？”

“那你的耳朵为什么这么红？”说完，他一把揪住我的耳朵。

我猛地跳了起来，挣脱他后立马捂住。

你有病啊！

我在心里大声吐槽！

“沐凌。”江泽野淡淡开口。

沐凌立马老实站好，不敢说话。

我嘚瑟地朝着沐凌甩了甩手，看吧，老大是向着我的。

然而，下一秒，江泽野又开口了。

“沈春连。”

我的笑容凝固在脸上，站得笔直，这次他喊的不是“小五”，而是大名哎！

看来老大真的生气了。

等大家会合，江泽野站在最前面说话：“从后天起，我们就要开始为期半个月的集训了，这次我会对你们严格要求。

“错失演出这种事只允许有那么一次。

“希望大家都给我打起精神来，不要给自己丢脸，也不要给支持你们的粉丝丢脸。”

“好！”大家都振奋地答应。

除了我。

此时心情失落的我。

“沈春连，你是有什么意见吗？”江泽野像是察觉到我的失落，叫住了我。

有！当然有了！我不想跳舞！

心里是这么想的，但是当我转身和江泽野对视的时候，我犹豫了。

他的眼神很诚恳，很认真，很期待。

好吧，这些都没有。

他的眼神很凶，很凶残！我差点吓跪了。

我像个拨浪鼓一般加速摇头：“没有，没有！好好集训，天……”

所有人都把视线投向我。

我苦兮兮地鼓掌：“天天向上！耶耶耶！”

当大家朝我露出欣慰的微笑和鼓励时，我觉得自己可真是——

太棒了！

好吧，才怪。

江泽野的内心活动

在男卫生间隔间撞见自己的弟弟和女生亲热是一种什么样的心情？

实不相瞒，我足足喝了三杯冰啤才让自己从这个画面中解脱出来。

太震撼了！

我一直以为小五只是个孩子，可没想到他竟然占有欲这么强。

我只是把陆记者约出来吃个饭而已，他竟然还跟出来了，而且还很生气的样子。

我有点担心，小五会不会在心里怪我。

怪我偷约他女朋友？

再来说说他女朋友。

我觉得他女朋友有一点很不好，怎么能前脚我警告她，后脚她就去找小五了呢。

怪只怪我没有做坏人的天赋，竟然这么容易就让他们和好如初了。

可是这个陆记者我不是很了解。

除了有几次采访的机会能够接触一下。

她万一是个骗子，骗我们单纯无害的小五怎么办？

哎，好像跑偏了！我还是得努力让小五回头是岸比较好。

既然找陆记者不太行，那我就从小五下手。

毕竟是谈恋爱，得让他们减少接触，那我集训的时候好好盯一下小五好了。

不能让他溜出去了。

顺便也要找机会和他好好聊聊关于这方面的事。

嗯，就这样愉快地决定了。

啊，对了。

还要记录一下今天的账单。

11月3日，沈春连欠江泽野一份神户牛排，价值九千九百九十八元。

他那么有钱，得记得叫他还。

第四话× 我被臭鸡蛋砸了

集训是在邻省的 M 市，公司给我们都买了高铁票。

因为是封闭式的训练，意味着这期间粉丝基本上是看不到我们的，所以这个时候出站口外集结了许多接机的粉丝。

她们拉着横幅，大喊大叫。

我走在最后，戴着口罩，故意压低了头上的鸭舌帽，然后紧紧跟在他们后面。

江泽野原本走在最前面，不知道为什么突然放慢了步伐，来到了我身边。

他歪头看我：“等会儿你跟紧点。”

我点了点头。

说完，他加快了步伐，回到了最前面。

一出站，一堆的粉丝围了上来，出站口被堵得水泄不通。

公司可能没想到有这么多人，只派了两三个保镖维持秩序。我本来是紧紧跟着前面的沐凌的，可不知怎的，挤来挤去，我也就挤散了。

等我向前寻去的时候，他们几个人离我已经有差不多十几米的距离。

我心想，完了。

眼看着他们几个人依次上了保姆车，而我被困在人群里无法向他们靠近，我的内心变得很复杂。

“江……队长……队长。”

我朝着保姆车的方向挥手，试图引起他们的注意。

但是没有用，他们几个该怎么走还是怎么走，反而，我这么招摇吸引了粉丝们的注意。

“快看！沈春连在这里——”

不知道是谁喊了一声，人群突然朝我的方向涌动。

“沈春连退团！不要再拖 YUM 男团后腿了！”

“自己不清楚自己的能力吗？新 EP 你都唱成什么样了！”

“退团！退团！”

……

突然，有一个东西呈抛物线向我扔来，直直砸向我的头。

“啪——”是鸡蛋碎了的声音。

紧接着，蛋液从我头上缓缓流下来。

此时我的大脑一片空白，大概是求生本能，我条件反射性地捂着头拼命往人群外面挤，可是人太多，根本没有缝隙让我钻出去。

一个身材比较魁梧的粉丝被人群簇拥着向我跑来，我目瞪口呆，无处可躲。

然后下一秒，我摔倒在地。

为了避免被踩到，我迅速爬起，蹲在那块地方把头埋进膝盖里。

度秒如年，无数的腿自四面八方向我撞来，我弱小地蹲在那里简直要窒息。

“沈春连——”

突然，我听到一个熟悉的声音。

我条件反射性地伸出手向上挥，也不管他看不看得见，就像是抓住一根救命稻草一样。

但说真的，一个一米八几的大男人以这种姿势待在人群里，真的很丢人。

保姆车上。

陈子轩坐在我旁边给我脑袋上的包上药，抹完药后，他还幸灾乐祸地发表意见：“没想到一个鸡蛋的威力还挺大。”

想起刚刚的场景我就委屈，早就知道当偶像有生命危险，没想到来得这么快。

沐凌坐在后面的座位上幸灾乐祸地笑，见我回头瞪他，他竖起手机放在我面前：“现在网络消息更新真快，这才不过几分钟吧，你就上热搜了。”

我能感觉到大家听完都迅速拿起手机开始吃瓜，而江泽野倒成了例外，他戴着耳机闭着眼靠在座位上，一副见怪不怪的态度。

我歪着头瞪了沐凌一眼，也拿出了手机。

因为之前职业的缘故，我常年混迹在微博、论坛等各大社交平台，就是为了第一时间掌握热点，抢占新闻。但变成沈春连后，要担心的事太多，所以往常的习惯也被我搁置了一段时间。

还没等我点进微博，一条条推送闯了进来。

沈春连退出娱乐圈

#YUM 男团集训 #

#YUM 男团踩踏事故 #

沈春连十宗罪

……

我点进热搜榜，满脸震惊。YUM 男团以及沈春连的名字在热搜榜上占了好几个。

尤其是沈春连，带着他大名的就有两个，还都是让他滚出娱乐圈的。

虽然我是名记者，但毕竟娱乐圈并不只有他们一家，对他们团内的八卦了解得还是不够深入。当然我也知道粉丝对于偶像团体的重要性，但没想到，粉丝还会这么千辛万苦抵制一个人。

带着复杂的心情，我点进了那条“# 沈春连十宗罪 #”的热搜。

一个营销博主在说今天踩踏事故的时候，随便带了九宫格长图，内容是有关于沈春连入团到现在的种种“事迹”。

十条理由，各种图片补充说明，来讽刺沈春连业务能力差、人品差，反正整个人都很差劲就是了。

但在我看来，这无非就是东拼西凑的图片，就是拉低路人好感，因为路人也没时间去查证。

出于好奇，我点开评论。

果然风向已经带歪，评论里面几乎都是在骂沈春连的。

黑粉 A：沈春连一天到晚除了靠兄弟还会怎样？摔个跤还要队友扶？

我微笑，有本事你被挤着爬起来啊。

黑粉 B：怎么还能看到沈春连啊？他还没退出娱乐圈吗？

没错！不仅没退！还生龙活虎！

黑粉 C：感觉有沈春连待着，YUM 男团永无出头之日，心疼我家泽野哥哥。

我微微蹙眉，抬眼望了望江泽野。

心疼你家哥哥？你怎么不心疼我，你家哥哥很凶好吗？

我再往下翻，总算是翻到了一条站在沈春连一边的评论。

小莲花 A：哥哥摔跤了不知道怎么样了，希望哥哥好好的。

看吧，我欣慰地晃了晃脑袋，我就说沈春连还是有粉丝的吧。

只是再往下看，可怜巴巴的小粉丝探出了头，表达自己的关心。结果没想到被一群人围堵在评论里骂，大多在说她没有眼光，骂她是正主。

我眯着眼看手机屏幕，这条评论的点赞 29，评论 529。

只是支持我的刚好是骂我的人数量的零头。

很好。

于是我的手一移，轻轻地点了个赞，点赞数悄悄地变成了“30”。

我冲着那个“30”笑了笑。

打死也不要做那些黑粉的零头，怎么都要多一个。

集训的地方到了。

我拖着行李下车，打量了一下四周。

这是一个类似小别墅的地方，门是木头的，看起来有点历史了。

江泽野和一个工作人员在前面交涉些什么，半晌后，他和工作人员道别，然后转向我们。

“未来两周我们会住在这里，每天都会有专业的老师给我们上课，希望大家认真对待。我们目前还是按之前在宿舍那样住，里面的房间都贴有门牌，你们可以按门牌去收拾下东西，另外……”江泽野从包里拿出一个文件夹，从里面抽出了几张打印纸递给了每个人。

“这是这两周的安排，今天晚上七点是第一次训练，希望大家准时出现在舞蹈室。”

江泽野的语气有点冷，眼睛眯着，不知道是没睡好还是心情不好。

我忍不住缩了缩脖子，有点……吓人啊。

江泽野交代完，我们就各自拎着箱子去找房间。

这栋别墅外面看起来很旧，里面却很大很新。迎面是一个小花园，小花园旁边有一个露天游泳池，穿过去是两排古风古韵的房间，颇有点年代感。

整体给我的感觉，虽然混搭但不违和，反而还蛮有特色的。

按照沐凌的说法，第二层是居住区，第三层是训练休息区。小小的地方，五脏俱全，在外面还真没看出来。

这样的地方适合度假。我想。

我和陈子轩搬着行李箱爬到二楼，将东西放下后，我走到窗边伸了下懒腰。

这边地处郊区，对着山，能听见风吹动树叶沙沙的声音，很安静很舒服，估计晚上，还能看到星星。

要是不用训练就好了，不对，是不用替这家伙训练就好了。

想着想着，我突然想到江泽野的话。

晚上七点是不是要跳舞来着？

顿时晴天霹雳，我从包里抓出手机就往外跑。陈子轩在收拾东西，看见我手忙脚乱，满头雾水地问：“小五，你不收拾东西吗？”

他还没得到回应，就听见门“砰”地关上。

一点情面也不给。

我拿着手机偷偷摸摸地走到小花园，小花园中间有个凉亭，四周有很多花，最边上还有一棵歪脖子树，歪脖子树旁边有一排稍微矮一点的树，蹲着刚好可以遮住身形。

于是我蹑手蹑脚地走过去，缩着身子，躲在树下。

然后打开手机，点开微信，给沈春连发信息求救。

“朋友快来救救我！我要露馅啦！”

“我不知道这地方在哪儿，在 M 市你知道吧？你以前应该来过吧？ [分享位置]”

“喂！你为什么不回我？”

“不回我是猪。”

“恭喜你是猪。”

连发几条一直没得到回应，我抬起头很重地呼了口气，心想，是沈春连飘了，还是我陆耳耳提不动刀了？

等到我再把视线放到微信页面上，发现我发的几条消息旁边纷纷出现了红色的感叹号。

什么？

我的视线移到手机的右上角，嗯，2G 信号。

震惊！什么年代了竟然还能看到 2G 网！这都是什么荒郊野外！

我感觉自己要完蛋了。

不过……2G 网络还是能打电话的吧？

我点到通讯录，翻出陆耳耳的号码，拨了过去。

“嘟嘟嘟”的忙音后，电话很快接通。

“喂，沈春连，我跟你说……”我直截了当，打算开门见山。没想到电话那头传来一个女声，是个有点不耐烦的御姐音。

“哈？你说谁？”

由于我和这人共事多年，我几乎是一下就听出来对方是谁了。

苏乐，我的同事，平时马虎得不行，经常挨主编的骂。这么说吧，在杂志社里排个名的话，如果我是妥妥的第一，那她就是妥妥的倒数第一。

还是不思进取的那种。

可是，为什么是她接的电话？她为什么拿着我的手机？

我强忍镇定，礼貌地问：“请问，陆耳耳小姐在吗？”

一阵风吹过，周围响起了树叶晃动的窸窣声，我朝外面望了一眼，确定无人后，又收回了视线。

“啊，你说陆姐啊，她刚刚被主编叫走了。你是谁？有事？我帮你转达？”苏乐歪着身子，一边吃着苹果，一边说。

你是谁？有事？我帮你转达？

苏乐的经典口头禅。

我在心里狠狠地叹了口气，谁不知道苏乐大小姐的口头禅就像风吹过，绝不留下一丝痕迹。不然，她也不会被骂了那么多次还不上心了。

“算了，你跟他说下等会儿回拨我电话吧。”

“好的。”苏乐开心地回复。

就在电话即将挂断的时候，我再一次喊住了她：“苏乐。”

“哈？”苏乐停下了按挂断键的手，有些愣，“有……有事？”

“拿起电脑旁边的便利贴记下回拨电话这件事，贴在陆耳耳办公桌最显眼的位置。”我一字一句地叮嘱。

“好……”苏乐应下，在反应过来想问什么的时候，电话里已经变成了忙音。

当苏乐按部就班地做完这一切的时候，她拍了下脑袋——

什么鬼？这人是谁啊？怎么知道我叫苏乐？

解决完一切的我，有点轻松。

只要沈春连看到便利贴然后主动联系我，就大功告成了。

回房间的时候，恰好碰见沐凌和安铬站在走廊上，像是在密谋什么事情一样，我悄悄地溜到他们旁边，吓了他们一下。

他们俩转过身，一副看傻子的样子。

我：“……”

你们团体真的很没意思。

沐凌一把揽住我的脖子，把我往他们中间拉：“好事，来不来？”

“啥？”

“你没听见吗？”安铬凑近我，小声说，“刚刚来的一路我有观察过，三公里外有一个夜摊，附近有个网吧，装修得还不错。”

“？”

“小五，要不要一起？”安铬笑得有点狡黠，我觉得这不是什么好事。

我立马摇头，狠狠拒绝。

没想到他们俩统一做了个受伤捂住心脏的动作。

还真是……YUM 二宝啊。

“你们两个要去干吗？”我双手抱臂，很是严肃。

“不瞒你说……唉！”沐凌先开口，紧接着叹了口气。

安铬迅速接上：“其实这周我们和一个战队的好朋友约了一起打游戏，要是放他鸽子了，他们以后就不带我们玩了。”

“那你们去啊，我还以为是什么大事。”

“可你，知道了。”沐凌眯着眼，指了我一下，神情颇有点危险。

我往后退了一步：“你想干吗？”

说时迟那时快，安铬一把抓住我的手臂往前拉，我被紧紧地扯住。

安铬：“为了避免你告诉老大，你要跟我们一起去！”

沐凌：“对，不许耍心机。”

我双手投降：“求放过，我不想去，我也绝对不告状。”

他们两个突然一人一边抓住我的手，非常严肃地说：“不！你必须去！”

“……”

小朋友你内心是否充满着问号。

“为什么啊？”我崩溃。

安铬探出脑袋，眼睛眨呀眨：“我们差个人，不然游戏开不了。”

我双眼瞪得圆圆的，满脸无奈加惊恐。

“我不会打游戏啊……”

“没关系，你凑个人头就好。”他俩异口同声道。

“这都行？”

很快，到了晚上七点。

而在此之前，我一直没有接到沈春连的电话。

由于心里有点慌，我在小花园里不停地走来走去，不时地把手机伸向高处，生怕是因为手机没信号而错过了电话。

江泽野从房间里出来的时候正好跟我打了个照面，我朝他微笑，他朝我板脸。

好一个狠心的美男子。

等他走过的时候，似乎是想到了什么，看了眼手表后又折回我身边。

“不去训练室？”

我的心“咯噔”一下，继续向他挤出笑容：“去去去，这不准备着嘛。”

“嗯。”他淡淡应了一声，然后往前走了。

我深深呼了口气，视线再次移到了手机上，没有来电，没有信息。

我感觉自己要玩完了。

我的头耷拉下来，缓慢地跟在了江泽野的后面。每走一步我都感觉自己的脚像是灌了铅，这条路要是没有尽头就好了……

到了训练室，大家都已经换上了休闲服在热身。

怕江泽野找碴儿，我将手机塞进口袋，先他一步挤进了队伍里，然后跟着晃晃手，拉拉腿。

江泽野拍了下手，我们聚集在他的面前。

“老规矩，第一天我们自己训练。”他从口袋里掏出一个 U 盘递给沐凌，“沐凌，你等会儿去调试一下音响。”

说完，他把视线又投在了我们身上：“我们还是各自清楚自己的分工，今天晚上把最新 EP 的舞练熟，我们要为我们每一次的机会做准备。”

其他三人异口同声：“好！”

我左右望了望，立马跟上：“好……”

江泽野意味深长地看了我一眼，转过身从包里拿出自己的手机，按下了关机，放在了旁边的台子上。

之后，他冷冽地望向我们，淡淡开口：“从今天起，手机上交，为期两周。”

晴天霹雳！

我还没等到沈春连的电话呢！

我磨磨蹭蹭地、不时地打量手机，上面显示的信号依旧是2G。

等其他人都把手机交上去后，江泽野走向我，朝我伸出了手："该你了。"

"我没有……"我刚想撒谎说我没带手机，却被他挑衅的目光给堵了回去。

"能让我打个电话吗？"我弱弱地开口。

我以为江泽野会骂我，没想到他眯了眯眼，紧接着问我："打给谁？"

几乎是没经过大脑，我脱口而出："我妈！"说完之后，我的笑容凝固在脸上。

因为紧张，我咽了咽口水，然后补充道："这么久没消息，我妈会担心的。"

"噢？"

江泽野似乎对我的回答有些惊讶。

他点了点头，然后回过头对剩下几个人说："给你们五分钟给家里人打电话。"

说完，他拿上手机率先往外面走。

我内心欢喜，也抱着手机往小花园跑。

想起江泽野的反应，我忽然觉得他好像没有那么冷血。

为了节约时间，我立刻拨通沈春连的电话，等待了十五秒后，电话被挂断。

我被沈春连挂电话了？

难以置信的我又拨了一次，等待了很久电话终于被接听。

“沈春连，你咋回事？”

“一言难尽。”那头，沈春连一脸严肃。

“我不管你怎么一言难尽了，迅速来找我啊！不然我……”我话都没说完，就听见电话那头一声惨叫。

我情不自禁地伸手捂住了耳朵。

“你咋了朋友？”我急切地询问，唤回了他的意识。

“没事……”电话那头的沈春连被拔火罐搞得奄奄一息，“你先稳住，我明天就到……”

说完，沈春连便挂了电话，我都没来得及反应。

该死的沈春连。我气。

从歪脖子树下面出来的时候，我又和江泽野撞上了。

没想到离得这么近，不知道他有没有听到什么。我莫名心虚，先朝他点了下头，然后想要先溜回训练室。

“沈春连。”江泽野喊住我。

我扭头望他，一脸疑惑。

“和妈妈打完电话了？”他声音很平静，听不出情绪。

我缓缓点头。

江泽野走到我面前，朝我靠近了一点：“和妈妈说了些什么？”

他什么时候还会关心这个了？

难不成有坑让我跳？

我微笑，谨慎地回复：“就告诉她这两周训练没法用手机了。”

“噢？”他又是这种奇怪的口气，配合着奇怪的表情。

一阵风吹过，吹得树叶沙沙响，我忍不住打了个冷战，然后裹紧了外套：“你看起来好像不信我似的。”

我还故作轻松地拍了下他的手，然后立马将手插进口袋，想扭头走掉。

一只手拉住了我的帽子，接着我被拉了回来。

“沈春连，我给你个机会坦白。”江泽野的语气很认真，仔细品品还有些怒意。

“坦白什么……”我怔住，动也不敢动。

“撒谎是个很不好的行为。”

“我没撒谎啊。”

“我刚刚和你妈打电话了。”

“啥？”我目瞪口呆。

怎么，现在还流行向家长告状的吗？

沈春连的内心活动

女生不好做。

尤其是当记者的女强人，就更不好做了。

和陆耳耳互换灵魂的无所事事的不知道多少天，我被总编派去和苏乐一起去跟一个采访。

结果刷新了我对记者这个行业的认识。

你见过采访途中大包小包买零食的吗？

我见过哦，我差点以为自己是去郊游，而不是去工作的。

其实，我觉得苏乐这人不太适合当记者，她比较适合混吃等死，也不知道平时和她搭档的陆耳耳是怎么受得了的。

心理承受能力真行。

好不容易采访完，苏乐拉着我要去逛超市，却不想遇到坏人，而我作为堂堂男子汉，当然要英雄救美了。

不过我没想到英雄救美的下场会这么惨。

苏乐拉着我硬要报答，结果把我带去拔火罐了……我活了这么多年，完全没想过，原来拔火罐可以这么痛！

苏乐在旁边看着我的反应憋笑，见我瞪她，她又把视线投在手机上。

接着，她喊了一声“呀”，冲着我说：“我给你讲个最新八卦放松一下。”

“什么？”我满脸疑惑。

然后她凑近我，一字一句地读着微博里的内容：“今天下午，YUM 男团沈春连点赞了一名粉丝的评论，有意向黑粉宣战……”

我几乎是条件反射性地坐了起来，抢过了她的手机。

这是我的账号，没错。

这也是我本人的名字，没错。

但是这个赞，绝对不可能是我点的！

想起刚刚我破天荒地挂了陆耳耳的电话。

我几乎可以确定，陆耳耳为了报复我，想断送我的演艺生涯。

第五话× 和四个大老爷们集训，要命

我和江泽野回到了训练室，两个人之间的气氛很尴尬。

不过我是生气的，关于他向我妈告状这点，啊不，是向沈春连他妈告状这点，真的很不道德。

江泽野看起来像个没事人一样，一进训练室就走到最前面，拍了拍手，把我们喊到了一起：“新歌的舞蹈动作还记得吗？需要带你们练一遍吗？”

“不用老大，都记得呢，又没过多久。”安铬晃晃手，满脸自信。

沐凌接着说：“对啊，这动作不算难，忘不了的。”

说完，两人还很默契地击了下掌。

我臭着一张脸看他们，这兄弟俩又说相声呢。

陈子轩像是察觉到了我的不对劲，挪到我身边戳了戳我的肩膀，小声问：“小五，你可以吗？”

我对陈子轩这小天使的行为表示感激，然后委屈地摇了摇脑袋。

说句实话，来之前我补了一晚上的课。这个舞吧，动作是记得七七八八了，但就是没实践过，也不知道能跳成个啥样，要是盲跳的话，我心里是一点底都没有。

“老大，”陈子轩冲着江泽野举手，然后走到了前面，“我带大家练一遍吧，也能熟悉一下。”

江泽野点头，让出了前面的位置走到了最后，比我的位置还靠后。

我怕他看出什么，手往前指：“老大，你往前？”

“没事。你跳你的。”说着，他把外套一脱，只穿了一件黑背心。

哇哦，他好白。

我感觉到耳根发烫，于是迅速转头，往陈子轩的方向看。

音乐响起，陈子轩数着拍子，然后带着大家跳，每一下都很有力度。我脑子里记着所有动作，伴随着音乐，我条件反射性地跳了起来。

一曲下来，我莫名自信，因为动作我都记得，没卡一下。

我心想，难不成我是个潜在的舞蹈小天才？

然而我身后的江泽野脸黑了，他走到我身边，冷冷地问：“你没吃饭？”

我被他这问题问得满头雾水：“吃了啊，不是大家一起吃的吗，吃的糖醋排骨和里脊。”

“……”

江泽野冷着脸没理我，反而冲着前面的陈子轩喊：“子轩，你再带一遍。”

陈子轩明显有点惊讶，按理说，他们已经练过的歌是不会重复带跳的，就连今天，那都是破天荒。

但他也不敢问，和沐凌调试了一下音响，又定好姿势准备开始。

江泽野拍了下我的头：“别发呆，准备开始。”然后他退了两步，眼神一直投在我的身上。

我有些惴惴不安，随着音乐声响起，我一边跟着陈子轩做动作，一边用余光打量身后的江泽野。

然而，江泽野不知道什么时候站在我旁边，用手压了下我的肩膀：“挺直。”

我紧张得不敢呼吸。

“力度呢？”江泽野点了下我的手肘。

“抬腿不要弯膝盖。”

“动作错了，这不是你的动作。”

“这里不应该软绵绵的，还有，你很僵硬。”

……

等到一曲结束，我的脑子涨得发疼，我敢肯定，江泽野觉得我从头到尾就没一个动作跳得好的。

江泽野手撑着下巴，眉头紧蹙。

“你是回炉改造了吗？还是即将报废的那种？”

周围陷入寂静，大家都望向了站在最后的江泽野。

最终，还是安铬最先打破沉寂：“老大，还……来一遍吗？”

江泽野抬头，像是做出了什么决定。他走到中心的位置，淡淡地说：“站好队形来一遍。”

虽然江泽野对我毒舌，让我有些挫败，但后面就算带队形也难不倒我，毕竟我可是刷了百八十遍 MV 的女人。

晚上十一点，整整四个小时的训练让大家都大汗淋漓。

我喘着气趴在地上，汗珠从我额头缓缓滑下，我连说话的力气都没有。

江泽野走到旁边的长椅边，拿起两瓶水走到我身边，一瓶水丢给我，一瓶自己拧开灌了两口。

“老大，今天训练结束了吧？”沐凌用毛巾擦了擦汗，冲着江泽野说。

“嗯，解散，明天早上七点集合。”江泽野交代了下时间。

“好。”

剩下三人异口同声，说完就各自收拾自己的东西走了。

我长呼一口气，强撑着一股劲爬了起来，却见江泽野正看着我。我内心有点不安，但还是厚脸皮地说了句：“那我也走了。”

“你走什么。”江泽野抓住我的手臂，“小五，我发现你体能变差了，得加训。”

“哈？你说啥？”

“加训。”

“……”

一股怒火从我体内慢慢升起。

我抿着嘴唇望向他，一字一句，咬词恶狠狠：“我是哪里做得不好吗？”

合着我四小时都在陪你过家家吗？

江泽野面无表情，捡起我脚边的矿泉水瓶递给我：“你觉得你哪里做得好？”

“……”

我想打人了怎么办？

我恶狠狠地瞪着他，视线瞥到他手臂上的肌肉，硬是把怒火咽了下去，此时此刻我忍不住想骂脏话。

但是，天啊！我打不过他！

我又换上了一张虚假的笑脸，讨好般地接下了那瓶水："老大，已经跳了四个小时了，我很累了，能不能挪到明天？"

"明天？"江泽野挑眉，"明天你确定你可以？"

想到了那张满满当当的时间表……如果推到明天，我可能会离开这个美丽的世界。

没等我说话，江泽野走到了音响边。

我气得口干舌燥，伸手想要拧开矿泉水瓶，结果，这瓶盖也太紧了吧？开玩笑的吧！

这时，大家已经收拾完陆续离开，陈子轩原本出去了，又想起了什么，回过头问："小五还要练吗？"

我无奈地朝他点了点头。

"小五果然还跟以前一样。"说完，他朝我竖起大拇指，然后离开了。

大家都走后，训练室很安静，江泽野应该是调试好了音响，冲我勾了勾手指。我一脸疑惑，他朝我说："还坐着？"

"你别告诉我现在就开始。"我没过脑子，脱口而出。

"如果你想早点回去的话。"

"我……"差点就要骂人了。

却没想到江泽野露出淡淡的笑，抓着我问道："你什么？"

"我觉得非常好。不过老大，我现在很渴，你能给我口水喝吗？"我挺直了背，带着微笑，颇有种诗朗诵的架势。

江泽野疑惑地看着我手上的矿泉水瓶："你不是有吗？"

我将矿泉水瓶递给他："我拧不开！"

不知道过了多久，久到我蹦来蹦去脑子直嗡嗡。

在做完一个高抬腿的动作后，我顺势倒在了地上，任江泽野怎么喊我就是不起来。

江泽野把音乐一关，坐在了我旁边，用手戳了戳我的背：“晕过去了？”

我不作声，装死。

“不用训练了，回去休息吧。”江泽野在我身后淡淡地说。

我头脑一热，兴奋地爬了起来，在对上江泽野冰冷的目光后又迅速倒下。

我就知道这是套路！

江泽野拿出手机，翻出刚刚录的视频，放到了我面前。我心好累，抬起脑袋看向手机，是我刚刚跳舞的视频。

我的第一反应：“哇！你手机不是上交了吗？”

话说出口我才反应过来，他是队长。果然当队长就是了不起，可以开小灶。

江泽野听到我的这个问题白了我一眼，也不打算回答我，只是将我的头摁向手机屏幕。

“你的舞蹈水平退步太多了，可以看出你每个舞蹈动作都不连贯，而且还没有力度。”

我又将目光移向手机。如他所说，我没有半点跳舞的飞扬，整首曲子，我都像是在背课文一样，背得磕磕巴巴。

“你最近不在状态，但时间不会等你找到状态，你得自己赶紧调整，不然以后你的路更难走。”

江泽野站起来，走到旁边收拾东西。

我也坐了起来。

我的确没有跳舞的天分，可是……这能怪我吗，我只是个“替身”。

作为“替身”，补课能补到这种程度已经仁至义尽了！

我望向江泽野，好想告诉他我不是沈春连的事实啊……可是，他会信吗？会把我当疯子吗？

江泽野收拾好东西，走到我面前拿手机。

我站起来和他面对面，我们几乎是同时开口。

“江……”

“沈……”

我被噎住，咳了咳，朝他挥手：“你……你先说。”

江泽野皱了皱眉头，从包里抽出一张餐巾纸递给我：“沈春连，明天清晨五点半起来跑步，我会喊你的。”

“……”

“好了，你刚刚想对我说什么？”

“……”

我的视线移到了训练室的圆钟上，零点四十五分。

很好。

我还能说什么，说我现在退团还来得及吗？

回到房间后，我也顾不上洗漱，争分夺秒地立马倒头就睡。

导致陈子轩第二天早起晨练的时候，总是能若有似无地闻到一股馊味。

经过几分钟的搜寻，陈子轩最后将目标锁定在了正倒头大睡的我身上。几乎是没有半点犹豫，深度洁癖的陈子轩十分严肃地把我喊醒，并把我推进了卫生间。

于是，我非常自觉地提前了半个小时起床，虽然我感觉我的五脏六腑都要炸开了……

我心里暗暗下了一个结论：偶像果然不是人做的事！

虽然是封闭式训练，但也不是在这个小别墅里完全封闭。

像晨跑啊，锻炼身体啊什么的，都是可以出去的，只要在该上课时上课，该训练时训练，并且赶在门禁前回就行。

凌晨五点半，天还没亮。因为是郊区，所以要比往常冷很多，是那种冷到骨子里的寒意。

我一出去就被冻清醒了，每走一步都感觉脚在颤。

我吸了吸鼻子，拉住了前面的江泽野：“老大，容我回去换个羽绒服。”

说完就转头，江泽野一脸无语拉住我的帽子把我带回来：“不用，跑跑就不冷了。”

“你搞笑呢。这么冷，冻感冒了怎么办，你负责啊！”

我承认此时我的意识还没完全恢复，也不知道是谁给我的勇气，感觉说话都像是吃了豹子胆。

江泽野无奈，把我往前推了一把：“我负责。快点跑。”

“……”

寒风从我耳侧和脚踝吹过，我咬了咬牙，加快了速度，拼命往前跑。

早跑完早解脱。

等到跑了两圈回到大门口的时候，天已经亮了。

江泽野不知道是不是被我甩了一大截，到现在也没看到人影，于是我打了个哈欠，在门口找了张长椅，坐在那里等他。

一个石子突然砸到了我身上，我以为是风太大了就没管。

结果接二连三有石子扔在我身上。

不会是黑粉吧？集训的场地都能找到，这黑粉也太牛了吧！

当我正估算着这里到别墅的距离，准备逃跑的时候，一个声音喊住了我。

“陆耳耳！过……过来！”

好熟悉好温暖的声音！

我扭头，看见不远处的小树林里，一个女生穿着一件粉红色的夹克，里面配了条米白色的纱裙，头上扎着两根麻花辫，还夹着一堆花花绿绿的卡子朝我挥手。

我汗颜，不是我说，这个造型也太土了吧！

你好歹把麻花辫扯几根头发出来啊，有必要扎那么紧吗？刘海能不能也给我留两根头发遮脸啊……

啊，我真的要被沈春连这蠢货气死了。

我向沈春连走近，沈春连一把将我拉进小树林。

“你训练怎么样了，没被拆穿吧？”

想起昨晚训练的点点滴滴，我的拳头就忍不住地握紧，然后抬头恶狠狠地瞪向沈春连。

“不瞒你说沈春连，我想你死。”

沈春连故作害怕地退了两步，双手比了个叉放在胸前：“你别过来，我害怕。”

“你少来。”我伸了伸懒腰，“沈春连啊沈春连，要不是为了你我至于受这个罪吗？”

“嗯？你的意思是还没被拆穿呢？”

“废话，我这么聪明。”

“也是。”

沈春连松了口气，向我走近了两步：“我该怎么帮忙？”

“说实话，我也不知道……”我叹了口气，突然又想到了什么，抓住了他的手臂，“我们现在这样，迟早会暴露，只能尽快找到换回去的办法。”

“你说得对，不然我的演艺之路就要玩完了。”沈春连点点头。

“你再说一遍。”我捶了他一拳，“我害怕我的记者名声被你糟蹋了呢。”

沈春连抱住胸口，对我憨憨地笑。

这傻样，真是气死我了。

按各种言情小说及电视剧的套路，还原当时的场景是最有可能换回去的办法。而这首先就要找到那个骗我的黄牛，以及向沈春连砸相机的“私生饭”。

和他商量完后，我们交换了当时的细节决定兵分两路。

走出小树林的时候，沈春连打趣地拍了拍我：“你以后刷微博能切小号吗？”

“哈？啥东西？”

沈春连拿出手机翻出微博：“因为你的点赞，我被骂得更狠了。”

我盯了他半晌，最后淡淡地说：“你就是太尿了，你公司到现在都没因为这事找我。”

“那是因为我们公司有月度评估。”

“嗯？”

“到时候一起算账。”

听他说完，我心里又“咯噔”一下，合着腥风血雨还在后面。

“偶像真不是人做的。”我低着头，小声吐槽。

沈春连哈哈大笑，冲到我面前想挑衅我，然而他不小心踩到一个什么滑滑的东西，整个人像是在寻找什么支撑点一样，一把抓住了我的袖口。

我一个重心不稳，拼命想稳住，无奈的是没有成功。最后沈春连和我一上一下地倒在了地上，场面一度十分尴尬……

就在此时我看到一双鞋出现在了我的视线里，是 Nike 最新款。视线往上移，江泽野那张冷若冰霜的脸像是呈放大效果一样出现在了我眼里。

啊啊啊啊啊——

我感觉我会死得很惨。

“老大，你听我解释。”我朝江泽野伸出手。

江泽野摇了摇头，叹了口气，一脸不情愿地伸手将趴在我身上的沈春连扶了起来，轻声问候：“陆小姐，你没事吧？”

沈春连呆滞地晃了下脑袋。

“那就好。”说完，他也不管还躺在地上的我，转头丢下一句“沈春连，等会儿到训练室找我”便离开了。

待江泽野走后，沈春连立刻把我扶了起来，帮我拍了拍身上的土，一脸心疼他自己的表情：“你没事吧？”

我躺着的时候觉得还好，站起来之后才发觉有点不对劲，伸手捂住了我的腰。

还真有点事……我腰好像扭了！

江泽野和我的见面地点从训练室变成了附近的诊所。

江泽野冷着一张脸坐在我旁边，歪着头瞥了我一眼，问医生：“他的腰还行吧？”

医生推了推我的腰，我没忍住尖叫了一声，医生皱眉：“体质太差了啊。”

“的确。”江泽野点头表示认同。

“伤筋动骨一百天……”医生对江泽野说。

江泽野点头，然后视线挪到我身上，像是在用眼神对我说“我就知道你是故意的”。

还真不是啊大哥！

像是心虚，我弱弱地开口问：“医生，我还能跳舞吗？”

“能啊。”医生笑道，“我这不还没说完嘛。伤筋动骨一百天，你还没到那程度呢，休息半天，明天你就能生龙活虎。”

“……”当我没问。

等看诊结束，江泽野把我扶出去。

然后他放开我，自己靠在了对面的墙上，问我：“你有什么要说的吗？”

“哈？”几乎是刹那我就想起来我要解释什么了，“老大，你听我说，我和沈……什么陆耳耳一点关系都没有，都是误会，看他快摔倒时，我扶了他一下，结果没站稳我们就一起摔了。”

“我不是叫你跑步吗，怎么跑树林里去了？”

我的大脑飞速运转：“这不看见陆记者，稍微去叙旧了一会儿嘛。”

“陆记者怎么会出现在这里？”

“来采访的？”

“这附近有什么新闻？荒郊野岭。”

“那我就不知道了，毕竟这些都是商业机密。”

“好吧，你赢了。”

江泽野问完，面无表情地走到了前面。

我站在后面冲他喊："你不扶我啦？"

"你瘸了吗？"江泽野冷冷地问我。

"没……"

"那不就得了。"

"……"

等到了训练室，大家已经跟着老师练起来了。

这次公司为了我们的集训下了血本，老师都是从国外请来的，还配了翻译。

江泽野站在我旁边，对我说："好看吗？"

说着，陈子轩来了个后空翻，落定旋转，极其利落。

我目瞪口呆，双手鼓掌："好看。"

"这是我们新歌的舞蹈，加入了中国武术的元素。"江泽野把视线转向前面，"难度也比较高，我记得你以前说过想试中国风的歌。"

"……"

惊喜要不要来得这么突然？

"对了，副歌结束后有一段你的舞蹈 SOLO，你可以好好表现一下了，争取这次让大家看到你的实力。"

"老大。"我愣愣地喊。

江泽野疑惑地扭头。

"我的腰扭了。"

"我知道啊，医生不是说休息半天就好？"

我冲他露出一个勉强的笑："不，我是说它病变了。"

"？？？"

过了好半晌，我又喊了声江泽野。

“我能申请领回手机吗？”

江泽野又疑惑地望着我，一副“我看你能整出什么幺蛾子”的样子。

“这动作太难了，我想……”

没等我说完，江泽野打断了我：“没事，我帮你抠动作，你先把体能练上去，我会监督你的。”

“谢谢你哦。”我面带微笑地扭过头，继续看他们练舞。

“不客气哦。”江泽野缓缓开口，一字一字地学着我的语气。

我感觉自己被嘲笑了。

江泽野的内心活动

小五的基本功有点差。

我到现在都想不通，怎么会有人把很酷的踢腿做成“鸭子跳”呢。

简直太匪夷所思了，我感觉我的职业生涯遇到了瓶颈，对象还是沈春连。

唉！

明明他也是学了八年舞蹈的人了，明明我也教了他不少，怎么就一股脑全还给我了……而且还企图用撒娇蒙混过关。

不知道哪里出错了，我真的差一点点就被他击败了……

难道这是谈恋爱的后遗症吗？

也是，我都看到他们光天化日之下卿卿我我，都两次了！不对，是三次！

上次他说给妈妈打电话，其实也是给陆耳耳打的吧？

这人吧，说他聪明其实又很蠢，大家都是一家人，真当我没有他妈的电话吗？

撒谎都这么敷衍。

我现在心情很复杂，脑子里除了帮他们抠动作，还要为小五操碎心，真是越长越回去了。

唉，恋爱太可怕了。

第六话× 我抓你把柄，还不是分分钟的事

我很生气。

当我围着小花园跑了十一圈后，我总算是不行了。

试问有谁锻炼身体，会从早到晚不停锻炼？我觉得江泽野不是想我身体好，他是想整死我。

离江泽野说的二十圈，还差九圈，没想到这看起来一点点大的小花园，跑起来竟然这么要命。

“小五，压腿了！”安铬站在训练室门口冲着我喊。

完了。

我撇了撇嘴，欲哭无泪。

自从江泽野说我踢腿像鸭子跳后，大家轮着帮我压腿，试图让我没那么僵硬。

大家的好意我倒是心领了，身体上我可真是遭罪了。

我从长椅上站起来，准备走向训练室，突然听到附近的树林里一阵窸窣声。

我四处望了望，风平浪静，叶子一动不动。

于是我扭转方向，朝着一棵歪脖子树前进！

果然，我看见了一个背影，穿着一件黑色风衣，是最开始见江泽野穿的那件。

浓烈的好奇心上来了，我捡起两根树枝遮住自己，往他的方向靠。

江泽野在打电话，说得有点认真，没有注意到我这边的动静。

“嗯，我知道，我也想你。”

震惊！这都是什么惊人的八卦？

我竖起了耳朵，远远看见江泽野的嘴角上扬，内心的小鹿不停咚咚跳。

这人怕不是恋爱了吧！笑得这么好看！

那边，江泽野忽然顿了顿，慢悠悠地继续回应：

“我有空就会去看你的，最近比较忙。”

“你照顾好自己。”

“嗯嗯，你放心，我又不是小孩子了，倒是你，得多注意。”

天啊，如果我现在是陆耳耳就好了！这么大的新闻怕是要爆啊！

不知道为什么，我脑子里浮现了一个画面——

知名组合的队长江泽野电话密会情人疑似恋爱！

点击 10w +，转发 10w +，收藏 10w +。

孟主编拿着十万元奖金朝我走来：“陆耳耳干得不错，再接再厉啊！”

“主编，我会的！”我兴奋地接下那笔奖金，在即将到手的时候，我突然被推了一下，奖金掉了……

“啪”的一声，我的梦醒了。

面前是江泽野放大了N倍的脸。

“你在干吗？”江泽野问我，嘴角带笑。

我吓得眼睛瞪圆，这人不会要杀人灭口吧……笑里藏刀？

我捂住耳朵，一个劲地喊：“我什么都没听到，什么都没听到。”

江泽野拉下我捂住耳朵的一只手：“疯了？”

“哈？”不杀我灭口了？

“还不……”他顿了顿，眼睛微眯，“给我训练去！”

“去去去！立马就去。”

我哆嗦地站起来，赔着笑，然后磕磕绊绊地往训练室方向跑，气都不带喘一下。

江泽野的电话还没挂断，见我走了，他继续对着电话那头说：“我会照顾好春连的，阿姨你放心。”

这句，我没听到。

在训练室的我，脑海里浮现的都是刚刚江泽野的表情。

他心情很好，他笑了。

他语气温柔，不像是对男孩子的，那么……看来电话那头一定有端倪。

正当我走神的时候，安铬一副思考的样子，压着我大腿的脚开始暗暗发力。

“啊——杀人啦！”

我的注意力被强行拉回来，面目狰狞，手不停地朝自己的大腿挥动。

我感觉我的腿不是我的了，它只是压腿工具。

YUM 男团的最新 EP 舞动动作难度很高，因为结合了中国武术的元素，要想在流行乐中表现出阳刚的一面，这就得要求做得干脆利落。

而我，确实差得太远了。

这一阵子练下来，我身上到处是瘀青。

江泽野果然按照之前他说的，每个动作都会帮我死抠，看起来很负责，可他对我简直太野蛮粗暴了。

比如高抬腿，我要是做得不够标准，他就会伸手使劲一推……

你听过骨骼“咔嚓”的声音吗？我有。

但我又有点庆幸，还好这不是我自己的身体。

不过痛是我承担就是了。

训练结束后已经是晚上十一点了，今天江泽野好像有事，没有拉着我加训，于是我撑着陈子轩走出去，双腿都在抖。

“你以前训练二十四小时都没这么夸张。”陈子轩不解地说。

我慢慢松开他，挠头：“这次动作太难了。”

嗯，就是这样。

陈子轩没多问，伸手扶着我的手臂，却在下一秒被拍开。我俩疑惑地往后一看，只见沐凌嬉皮笑脸，感觉他不怀好意。

“轩哥，小五借我一会儿呗。”沐凌露出他的大门牙，笑得像个二傻子。

陈子轩迷茫：“借？”

“Yes！”说着，他把我拉到一边，在我耳边小声嘀咕，“大事，说好了的。”

我蹙眉，这货说的不会是……

晚上十一点半，小别墅后门墙边。

我目瞪口呆地盯着这三米高的墙，拉住沐凌的后衣领，指了指不远处的后门：“为什么不走那边？”

沐凌原本都已经准备起跳，结果被我一拉差点摔了。他抖了抖肩膀，把自己的衣领从我手上抽了出来，说：“我观察过了，那边有摄像头，老大要是发现就不好了，但是这边就不一样了。”

嗯？我微眯着眼，等待他的下文。

没想到安铬突然从我身后蹿出来：“这边是摄像头的死角！”

我迅速转身，捂住心脏：“神出鬼没，吓我一跳。”

好歹沈春连也是个一米八几的大个子，再加上我从小爬树，三米高的围墙的确不算是什么大难题。没一会儿，我们三个就逃了出来，准备去沐凌说的网吧。

晚上，风有点凉。

我用衣服裹住自己的脖子，跟在沐凌和安铬的后面。

“我们不是要走路过去吧？”走了一会儿，我问他们。

“嗯，没办法这儿太偏，没车。”沐凌回答，“不过你也别急，顺着这条路一直走，也不是很远，而且那个网吧就在路边，很明显。”

我觉得自己来错了。

我分明是被这两人拐上了贼船。

就在我心灰意冷的时候，我们路过了一片小树林，倒不是说这片树林有多独特，而是刚刚一晃而过的身影有些熟悉。

有点像……

我脑海里很快在搜索，黑色风衣，长得又高又帅。

没错，和白天的江泽野对应上了。

哇！这大半夜出没小树林，不会有新八卦吧？

我喊住我前面的两位，捂着肚子，支支吾吾地说：“喂，你们先去吧，我突然肚子疼去方便一下！”

“啊，你没事吧？”安铬还是稍微单纯一点，眼里明显透出担心。

“没关系的，你们走，我等会儿再去找你们。”

沐凌有点不太相信我，像是担心我会临时落跑，提议道：“我们陪你一起？”

“不行！”我斩钉截铁道，“你看这附近都不见得能找到卫生间，要是我忍不了想去小树林解决，你们看着我岂不是很尴尬。”

“你一个人真的可以吗？”安铬又问。

我抿着嘴，小鸡啄米式点头，直到看到安铬静下心才停下来。

出发之前，我们仨只有一个手电筒，但因为我要自己独立行动，安铬不知道跟沐凌说了什么，最后犹豫地走到我跟前：“小五，虽然你是个男孩子也没什么安全不安全的……”

“……”

作为新闻工作者很想告诉你们，无论男女都要注意安全，做人不能太以偏概全。

当然，我也只是在心里吐槽。

“你拿着这个和我们联系吧，第一个号码是我们的。”

安铬从口袋里掏出一个东西塞进了我手里。

是一部诺基亚滑盖手机，拍照、手电筒都有，可以说是麻雀虽小，五脏俱全。

我向安铬投去一个感激的眼神，我可真是太需要它了。

和沐凌、安铬分开后，我转头去了小树林。

小树林黑漆漆的，我不敢开手电筒，怕引人注目，只能时不时摁亮屏幕，借助手机屏幕的微弱光亮往前走。

幸运的是，没走多久我就听到有人说话，抬眼一看，能看到很强烈的手电筒的光。

我把脚步放轻放缓，慢慢地往那边挪，生怕被他们发现。

等到挪到差不多的距离后，我蹲在了一棵树旁边，脑袋往外探。

皇天不负有心人，那身影果然是江泽野的。

不过可不止他一个人，他的面前站着一个卷着大波浪、穿着格纹大衣、踩着高跟鞋的成熟女人，两个人看起来像是认识了很久。

因为距离的缘故，再加上他们说话声音小，所以我只能根据他们的动作进行脑补对话。

成熟女人撩了一下头发，将手放在了江泽野的手臂上，脸上带着微笑，嘴唇开合，有几个字钻进了我的耳朵。

“想好……麻烦……”

我思索了一会儿，很明显这是一句具有诱惑的对白。

于是我脑补这人说的是：“江泽野，你最好想好要不要跟我！想好后麻烦自己来找我哦！”

我觉得自己太聪明了。

接下来的十几分钟内，这两人的动作太过寻常，我只能靠着几个稍微能听清的字造句。

就在我以为就这么着了后，突然女人朝着江泽野扑了过去，江泽野稳稳接住了她！

哇！

这也太劲爆了吧！

我迅速探头、拿起手机把那一幕拍了下来，然后把手机宝贝似的捧在手里。

看吧，江泽野，你的把柄在我手里哦，看你还敢折磨我。

等我赶到网吧的时候，沐凌和安铬已经开始打游戏了。

不知道是不是因为地方偏远的关系，网吧人不多，只有零星几个。我们占的位置周围空空，不知情的，以为我们包场了。

我站在沐凌的身后，看他操作。看到他光顾着对付前面，而被后面的人用狙干倒的时候，我没控制住，“啧”了一声。

沐凌回头瞪我，我耸耸肩没说话，坐到了他旁边。

“上号。”他丢给我一张卡，卡上面是游戏账号和密码。

“这是新号吗？”我一边在键盘上输入，一边问。

沐凌应了我一声，没过多久摘下一边耳机冲着我和安铬说：“他们来了！”

他们？

噢，就是他们说的那个战队吧？

没等我说话，沐凌又对我说：“等会儿安铬打头阵，我知道你不会，你就在后面凑个人头就行。”

“噢？”我挑了挑眉。

行吧。

游戏正式开始，5V5。

选角色的时候，我的手条件反射性地移到了我经常选的那个小萝莉，在他们的催促中，我已经来不及修改了。

于是我看到了他们两人有些惊讶又有些嘲笑的目光。

我朝他们尴尬一笑，怎么，打游戏还带歧视？直到我再把视线移到电脑屏幕上，我才发现这个小萝莉的初始服装实在是破得暴露……

差点忘了，以前我是人民币玩家，服装那都是一等一的华丽，所以没这么暴露。

失策。

游戏正式开始，我跟在他俩后面，前面的关卡比较简单，都是普通的陷阱或者小妖怪，他俩在前面像保镖一样，我在后面啥都没碰上，一点游戏体验也没有。

因为开着麦，又同步上了 YY，耳机那头有个男声在说话。

“今天我朋友来不了了，于是带了个小妹妹。”

旁边的沐凌暴走了：“搞什么啊，不是说好了吗，本来人就少你还带个拖油瓶。”

“她不是拖油瓶，她可厉害了，以前还赢过我……”

话还没说完，游戏界面就显示：“一只小耳朵”被初级小妖击倒。

……

众人倒吸一口凉气，而我差点晕过去。

这个 ID 太眼熟了，眼熟到仿佛看到了我自己。

刚刚选角色选得太投入，都忘记看队友 ID 了，可是谁能告诉我，“我”为什么选了个男的，这不是白瞎了我的好装备吗？

沐凌强行忍住骂意：“这就是你说的高手？”

“这一定是意外！”

“算了。”沐凌摇头，小声嘀咕，“我以为今天高手带我，没想到是我带拖油瓶。”

他嘀咕完，又冲着那边说：“耳朵妹妹，你跟着我后面的‘是连哥就刚’，凑个人头就行了，我们保护你。”

对面的人没说话，倒是游戏角色默默地跟了上来。

安排好后，大家开始进入状态。这次的对手很厉害，出手都是绝招。原本，沐凌叫我带着“一只小耳朵”躲在草丛里的，只是这位同学似乎是不太会操作，一直往敌人枪口上撞，一来二去，已经掉了一半血。

我在一边护着他，但是也没啥耐性，干脆一个燃烧瓶把他击倒，然后把他拉到了草丛里。

沐凌对我的做法表示很赞赏，而我表示躲在草丛里守着菜鸟很无聊。

原本我很想问沈春连为什么拿我的号玩游戏还这么菜。

但是，我左右摆头看向正厮杀得有滋有味的两人，闭上了嘴。

然后，我默默移开游戏界面，打开了小框私戳他。

是连哥就刚：你怎么来了？还用我的号？

等了很久，我都没等到回应，于是我得出了个结论。

我的号可能被盗了。

游戏时长过一半，安铬已经被淘汰出局，沐凌和那位高手都还剩一小半血条，都躲在草丛打血条。

“我上啦？”我试探性地问沐凌。

沐凌估计也是无可奈何，认定是没法逆转局面了，就无力地回我：“也行，为我俩做个掩护送个人头。”

我嘴角微微翘起，操纵着游戏人物冲出去，找到对手后放了几个大招，对方也淘汰了两人。

这时，一个小框突然弹了出来，是“一只小耳朵”。

一只小耳朵：天啊！你是沈春连吗？

我能断定，我的号真的被盗了……

一只小耳朵：你是？

一只小耳朵：你好！我是你的黑粉！

是连哥就刚：……

游戏里面现在是关键时刻，还好我重新切回去的时候并没有什么实质性的伤亡，于是操纵着人物乘胜追击。安铬在我旁边发出了惊讶的声音，我内心有点小得意，继续操纵人物，趁机追上对手又放了一个大招，对方血条直接掉一半。

“你……”沐凌咽了咽口水，歪头看我，欲言又止。

“想说啥？”我朝他露出了一抹微笑，“还不赶紧助我一臂之力？”

“哦哦哦！”沐凌反应过来，迅速跟上。

最终游戏胜利，安铬冲上来抱住我：“小五，你也太厉害了吧。还记得上次你都不会玩，这次竟然带我们赢了！”

“小意思。”我嘚瑟。

沐凌的心情有点复杂，他挽住我的手臂，语重心长道：“小五……”

我望向他，略微不安地挑眉。

“你难道……”

我有点不敢呼吸，是哪里露出破绽了？

正当我胡思乱想的时候，沐凌松开我，拍了下我的后背：“为了我们你真是拼了，啥时候练的啊，也不跟我们说一声。”

“……”

我叹了口气，果然不能高估他们的智商。

回去的时候，天微亮。想起今天早上和江泽野约好的晨跑，我甩下他俩干脆一人狂奔。

结果总算是在小花园里和正在热身的江泽野撞上了。

江泽野刚弯腰，就看到我，神色明显一惊：“这么早？”

“啊，对。”我捂住胸口，气喘吁吁。

江泽野站直，微眯着眼打量我：“你没换衣服？”

“就……”我有些磕巴，“起得太急了！穿错了！”

“哦，那走吧。”江泽野淡淡回复，然后径直走到了我前面。

闻言，我跟在他后面，松了口气。可没想到的是，我们还没出别墅的门，沐凌和安铬也赶了回来，看样子也是狂奔回来的。

沐凌可能没想到江泽野在，以为面前是我，还没抬头就喊：“小五，你跑那么快干吗？”

安铬附和：“就是，我要累死了。”

我在江泽野背后抓耳挠腮，掐死他们的心都有了。

江泽野悠悠转身问我：“一宿未归？”

我满脸无奈，低头不敢看他。

沐凌和安铬听到江泽野的声音也怔住了，往后退了退，也不敢说话。

“我说过我们是什么集训？”江泽野开口，语气里有一丝微怒。

“封闭式……”我弱弱开口，被江泽野一个眼刀打断。

回应你还凶，真的不要太过分。

江泽野目光深沉，双唇微微张开，对着我淡淡地说：“撒谎两次了。”

“……”我有一种不祥的预感。

最后的结果，变成了我们三个人加训，外加打扫一周的别墅里里外外。

他们两个还好，我就比较惨了。

谁能想到，三个人的加训，就是 2V1 惩罚我？

江泽野你这个狠人！太过分了！

沐凌的内心活动

郁闷。

打游戏差点输了，没想到自己竟然被骗了，对方不仅没带高手来，还带了个拖油瓶，三打五，我差点都要废了好吗。

如果输了，真是对不起偷溜回去的惩罚，还好有小五。

啊，对，还好有小五！

小五这次让我蛮惊讶的，他是怎么从一个游戏菜鸟变成游戏高手的，一开始还装呢，生怕暴露哈哈哈，真小气。

不过，他是什么时候偷偷练的？真是好奇怪，这水平得练很久吧……

竟然不带我！太不讲义气了。

其实，之前我也不是没和小五打过游戏，小五的水平真的可以说是惨不忍睹。不过也能理解，毕竟这货之前没日没夜地练舞，也就是最近才停了下来。

以前他可真拼啊，不过……怎么不拼之后，技术变得这么烂，压个腿都能喊得那么凄惨。

他可能在用行动告诉我们，凡事一旦放松，就会前功尽弃吧。

所以我一定要保持状态，绝对不能做第二个小五，不然这样压腿可太疼了。

第七话

嘿，你知道吗，我有你的小秘密

训练接近尾声，这一阵子我可以说是处于水深火热之中。

我见过初升的太阳，也见过只有我和江泽野两个人的训练室。但是，我的舞蹈并没有太大进步，四舍五入也只是能看得过去而已。

如果有现场版，怕是会再次被粉丝群殴。

江泽野第 N 次冲着我叹气，然后悠悠地走到我面前，捏了捏我的脸，拍了拍我的肩膀，又把我转了个圈，喃喃道：“明明是你啊，到底哪里出错了？”

我尴尬地笑了笑，挠着脑袋没说话。

江泽野怕是气极了，随手抓了一件外套走了出去，刚走没多久又返回来，指着我：“你继续练，我回来后看到一个动作不满意晚上加跑五圈。”

"……"

没错，这几天我都是这么过来的。

错一个动作跑五圈，我每天光是跑步，差不多都要晕过去，真是不明白他的执着到底有什么用啊！

偏偏我不敢反抗……唉，好想换回来啊。

嗯？换回来。

我眼睛一亮，也不知道沈春连怎么样了。

我决定去偷手机。

按刚刚江泽野生气的点，应该不会在自己的房间生闷气。

于是我小心翼翼地推开了江泽野的房门，在观察了几秒后迅速钻了进去。

因为是队长，所以他住的是单间。房间很干净，被子什么的都叠得整整齐齐，空气中还有淡淡的香味，像是空气清新剂，但又比它好闻。

我随便晃悠了一下，才开始找我的手机。

虽然房间空间有限，抽屉却很多，我先从桌子边的抽屉开始翻，空的，再打开一个，里面只有寥寥几张纸，而且还是空调的使用说明书。

我："……"

也是，这个房子我们住进来也没多久。

我扫视一圈，最终把目标锁定在了床头柜。我走过去打开，果然里面摆放了几部手机，而且江泽野估计是有强迫症，几部手机挪在一边，摆得整整齐齐。

我仔细瞅了瞅，伸手将最下面的手机拿了出来，按了开机键，熟悉的开机音把我浑身的细胞都唤醒了。

还是有手机好！

正当我拿着手机准备离开的时候，听到了由远及近的脚步声，我甚至能听到门外若有似无讲电话的声音。

我拿着手机的手一颤，暗想不好。

我往后退了两步。这个房间不是很大，躲在窗帘后面太过显眼，躲在卫生间的话，卫生间的墙壁是玻璃做的容易暴露，躲在床下……不行，床底太窄我钻不进去。

那么只有……衣柜！

我迅速打开衣柜，发现衣柜是两层的，下层还挂了几件江泽野的衣服。想起江泽野可能有洁癖，万一发现衣服被弄脏了，岂不是要整死我。

我内心有点小犹豫，但脚步声越来越近，来不及多想，我一手将衣服往边上一推，抬脚跨了进去……

一米八五的身高，躲在这个柜子里得弯腰，空气也不是很好。

我在里面不敢说话，只能透过缝隙往外望，视线刚好对着床，然后我看到了安铬给我的那部诺基亚孤零零地躺在那里。

我脑子里闪过一堆感叹号，我这丢三落四随手一丢的毛病什么时候能改掉！

江泽野进来的时候还在打电话，他把手机夹在耳朵和肩膀之间，径直走到床头柜拿出一个文件夹，嘴里对着电话那头说："明天也有训练来着。"

"你别来了，影响不是很好，说了是封闭式的。"

"放心，是想你的。"

"那等我回去，我去看你，再陪你逛逛街，怎么样？"

……

语气很温柔，和那天在小树林里一样。

不会是那个性感的鬈发女人吧？我竖起耳朵，靠在衣柜门边，想听得更仔细点，却发现江泽野已经挂了电话。

紧接着我透过缝隙，看见江泽野在脱衣服……上衣脱完脱裤子，啊，我不敢看了。

卫生间的隔音不是很好，没过多久我就听见了水声，我躲在衣柜里紧张得浑身发热。

之前还是陆耳耳的时候，也采访过几次 YUM 男团，对江泽野的印象可以说是很好，而且也有点路人粉的意思。

只是刚刚眼前的一切太过劲爆，我一时没有消化过来。要是让粉丝知道我把某人看光了，我想我们杂志社都可能被砸倒闭。

要不借着他洗澡的机会赶紧溜掉？

脑子这样想着，身体也做出了行动，只是我刚将衣柜门打开一半，刚迈出去一只脚，江泽野的手机铃声就响了，与此同时，水声也停了。

我立刻缩回脚，关上衣柜门，整个动作行云流水，只是因为这个动作，身侧的一件西装从衣架上滑落，掉在了我身上。

江泽野从卫生间走到床头柜边接电话，浴巾裹在腰间，头发耷拉着还在滴水。

“有事？”江泽野淡淡说道。不知道对方是谁，他的语气和之前判若两人。

这通电话，江泽野一直是倾听的状态，只是脸色越来越不好，最后说了句：“你在 M 市吗？我换件衣服去找你，面谈。”

说完，他挂了电话，揉了揉额头，正要重新回卫生间的时候，突然听到了一道微信消息的提示音。

他垂眼，自己的手机安安静静地躺在床头柜上，嗯，不是自己的。于是，他把目光锁定在了衣柜附近。

与此同时,我正在衣柜里拼命地捂住我的手机,不是没有信号吗?不是没有网络吗?怎么我刚开机不久微信就响个不停?

我甚至都没来得及看是谁的消息,只是不好的预感越来越浓重。

于是我更紧地缩了缩身子,将那件掉落的西装盖在了自己身上。尽管我知道这是徒劳的,该看到还是能看到。

下一秒,我看到漆黑的衣柜突然透进了阳光,紧接着是江泽野那张大惊失色却强行镇定的脸。

“沈春连,你怎么在这里?!”

这一刻,我扑通扑通的心跳总算缓了下来,因为我被江泽野吼的那一嗓子,成功吓到了。

依旧是江泽野的房间,只是这一次,我不再鬼鬼祟祟。

我的手机放在茶几上,我坐在他面前低着头,像个罪犯。他的手指在沙发边上敲了两下,冷着脸对我说:“来偷手机?”

“这种事,怎么能说是偷呢?”我抬头,一副“乖孩子”的样子,要多乖巧就有多乖巧。

“那你来我房间干什么,这——”他冲着茶几上的手机点了点头,“这是什么?”

学新闻的,就是要能编能写。

我换上一副无辜的表情,低下头解释:“我的舞跳得太差了,想用手机录下来好好琢磨。”

江泽野一副不相信的样子。

我加重语气:“我真的爱惨了这支舞,很想学好它。”

江泽野揉了揉眉心。这时,他的手机又响了,他瞟了我一眼,拿起手机接电话。

电话那头的人似乎很生气，我都能若有似无地听到发飙的话语，以及个别脏话。

我闭嘴等待。

江泽野朝我的方向挥了挥手，示意我离开。

我点头，在转头的一刹那余光瞥到茶几上的手机，微微抬头，见江泽野在打电话好像并没有将注意力转向这里，于是我伸出手往那边移，在够到手机的那一刻迅速往外跑。

江泽野明显是发现了我的小动作，在我开门的时候迅速移到我的身后，然后揪着我的后领口往后一扯，手心朝我摊开，用眼神示意我交出手机。

我护着手机，不肯交出来。

江泽野把手机换到了左手，伸出右手抓我拿手机的手，并且已经抓住了我的食指。

“……”

横竖都是一死，那么早死早超生吧！

我心一横，朝他的手上咬去。江泽野条件反射性地缩手，我按住门把手准备跑，他却用手抓住了我的头，并且身子往前一站，又把刚开了条缝的门关上了。

我气得龇牙咧嘴。

“不好意思，这种情况不会再出现第二次。”江泽野皱着眉，低着嗓音跟电话那头的人说话。

“合同上可以补充你说的这些。”

“何姐最近出差，有什么事可以直接找我，嗯，对。”

貌似事情有些棘手，江泽野的语气一直很严肃，但因为面前还有一个我，他的目的很明显，就是为了挂电话。

我要赶在挂电话前逃出去，不然肯定就完了。

我深呼吸两下，微微弯腰，一股脑往前冲，结果因为太过紧张，衣服挂到了旁边的衣架，整个人重心不稳，往江泽野身上扑了过去。

我的手迅速往前撑，却没想到江泽野站在门后，我扑过去刚好做出一个双手壁咚的姿势。

“啪嗒”一声，手机一个不稳摔在地上。

而江泽野也因为过于震惊，条件反射性地按了挂断键。

周围的空气很尴尬，而且我还挂在他身上呆滞了十几秒钟，我和他距离很近，只要我低头，我的额头就能蹭到他的头发。

有点微湿，有点香。

“还不走开？”江泽野微微眯眼，神色有些危险。

我迅速抽回了双手，站得笔直。

“你听我解释……”我内心慌张，不知该说些什么来缓和气氛。

“手机对你来说这么重要？”江泽野向我靠进了一步，我吓得往后一退。

“手机里有什么秘密？嗯？

“冒着不惜体罚的风险……

“沈春连，胆子变大了啊。”

他每说一句话，都要往我的方向走一步，而我因为害怕也会往后退一步，很快，我被挤到了一个死角。看着他放得越来越大的脸，我脑子里只有一个念头。

这人是变态吗？

于是我狠了狠心，盯住了他裹在腰间的浴巾，立马蹲下往下一扯，然后闭眼，最后在他反应的一瞬间迅速跑掉。

临走前我还捡起了我的手机，顺便还睁开眼睛看他惊慌失措的样子。

回击真爽啊！

还是那棵歪脖子树。

我打开手机，微信里全是沈春连给我发的信息。

“听说 YUM 要有演出了！这次的曲子是新的！是不是很好听？”

“你记得给我录个视频啊，我太期待了！”

“啊，黄牛找到了，没想到他已经弃暗投明了，找他太累了。”

“我那个黑粉得靠你了。”

“那个演出怎么办？感觉要露馅了。”

从他的话里可以了解到 YUM 又有演出，并且还是这次练的曲子。如果这次我又装晕倒，后果应该没有上次那么简单吧。

脑壳痛。

不过还是有好消息的，这不，那个黄牛还是找到了。

所以在上台表演之前，两人还是有希望换回去的。

我将手机放回裤兜，裤兜很空……我又想起了那部掉在江泽野床上的诺基亚，天啊，也不知道被发现了没。

发现手机还好，要是发现照片了，我以后还怎么恐吓他。

晚饭时间。

大家聚在一起吃盒饭，今天的伙食很好，有鸡腿、鸡翅、鸡胸肉，当然还有沙拉之类的。

我领到自己的盒饭，左右打量，发现江泽野不在，于是推了推我的室友陈子轩，问道：“老大呢？”

“不知道，今天都没怎么看到他。”陈子轩拿出沙拉酱拌了拌，尝了一口西蓝花。

这个时候，安铬挤了进来："今天老大好像不怎么开心。"

不会是因为今天下午的事情吧……

我有点担心，又有点好奇，于是疑惑地问他："为什么啊？有没有什么内幕？"

"没有呢，只是看他脸色不太好，印堂发黑。"

"……"

"他一直都这样啊，老是黑着脸。"不知道为什么，我感觉和沈春连互换了后，对于江泽野这个人一直不是很了解。

但总觉得他这种人应该活得很累，对外人温和有礼，对队友和自己又要求严格。

甚至……

我想起了下午在他房间听到他接的几通电话。

感觉他承担起了很多，但都没有告诉他的队友，像是一个人扛起了 YUM 男团。

"说起来，小五你不应该和老大最熟吗？"

"啊……"我心一惊，"怎么说？"

"你以前总是被老大骂，相比较之前，老大现在对你算是很温柔了，至少你加训他都会陪着你练。"

"就是说啊，你看我们哪里有这待遇。"沐凌走进来，往安铬的位置一靠，安铬耸耸肩，让出了位置。

"小五，你……"陈子轩在我身后叫我。

我走过去，望着他，以为他要说些什么，可他只是摇了摇头，什么也没说。

这让我更是满头雾水了。

江泽野来的时候，脸的确是臭着的，不过他不是从房间的方向过来，而是从大门口，所以我也不能判定他到底是因为什么生气。

秉着见好就收要识趣的原则，我屁颠屁颠地拿着一份盒饭递过去：“老大，请用餐。”

江泽野瞥了我一眼，接下了。

于是我又帮他把筷子的包装袋拆了，并且把筷子也分成了两根。

江泽野接下，神色有点像在看什么奇怪的东西。

突然，他冷着脸，淡淡地说：“你今天……”

我扯了扯他的袖子，微笑着，抿着嘴：“嘿嘿，出去说。”

可江泽野有他的倔强，他偏不！

他把盒饭往桌上一放，手往我面前一伸：“你最好老实一点。”

大家此时的注意力都不在吃饭上了，都在若有似无地往我们这边瞟。

我从裤兜掏出手机，双手奉上。

江泽野对我的态度很满意，将手机往桌上一放，又将手放在桌上撑着头：“这件事解决了，我们换下一件事。”

我瞪大眼睛，不安的情绪在蔓延。

然后，我看见江泽野从口袋里拿出了那部小小的诺基亚。

啊啊啊！我就知道会被发现！天要亡我！

江泽野拿着诺基亚在我面前晃了晃，语气中有一丝冷意：“解释一下。”

身后有人小声说话，我微微侧过身，发现是弱小的安铬拉住沐凌紧张地晃头，他朝我递了一个绝望的眼色，那意思是怕我供出他。

我握拳，轻轻捶了下自己的肩膀，暗示他放心。

然后我转过身，注视江泽野，想起手机里那张照片莫名有了些底气。

“老大，你靠近点，我想和你说……”我吐字很慢很小声。

江泽野为了听清楚，身子不得不往前倾，连带着诺基亚也往我的方向靠。

“哈哈哈，我要威胁你！”我抢过诺基亚，往前迈了一步，停在了江泽野的耳边。

我把声音放轻，像是说悄悄话一样。

“想不到吧，我有你的小秘密哦。”

江泽野挑眉：“哦？”

下一秒，我将诺基亚放在他面前。

江泽野淡淡一笑：“你想告诉我，我帅得反光？”

哈？

我将注意力放回诺基亚上，发现屏幕此时还是黑着的，于是我拼命按按键，没想到怎么摁屏幕都不亮。

我急了我急了我急了，我翻车了。

该死的诺基亚！竟然没电了！

“沈春连，叛逆好玩吗？”江泽野声音很冷，却能听得出微微的怒意。

我抬头，眨巴着眼睛，示意他：我错了，我真的错了。

但是江泽野看不见，他将我转了个身，往外面一推：“前阵子你叛逆，我还在忍你，今天你是在挑战我。”他顿了顿，像是想起什么，揉了揉额头，“你今天罚跑三十圈吧。”

“？”

“再加训一小时。”

“哈？”我晴天霹雳，可怜巴巴，“我饭还没吃完……”

“再磨蹭，明天给我饿肚子。”

“我去，我去还不行嘛！”

我痛苦地朝小花园跑去，每一步都很沉重。

江泽野你个死变态啊啊啊！

江泽野的内心活动

烦。真的烦。

最近的近况——

1. 安排好的舞台面试，其实八九不离十了，但为了让他们燃起斗志，没告诉他们确定了。

2. 之前的舞台事故被公司通报批评，而这些内幕不知道怎么被人泄露，被网友放大，小五又吸了一拨黑。

3. 之前只有阿姨知道小五进了娱乐圈，并且还很支持，现在不知道怎么的，叔叔也知道了，说要把他带回去继承家产……

4. 沈春连这货跑到我房间，还躲在衣柜里面，不知道在偷听什么。

难道……

他知道我和他妈私下有联系，并且还在透露他的近况？

这可真是太糟糕了。

而且，后续的种种迹象表明，小五很是叛逆，似乎处处都在挑战我的底线，难道是因为知道我和他妈联系故意的？他不信任我了？

其实我也不是自愿的，谁叫他妈是我小姨呢，而且动不动拿长辈的身份压我……人无完人，我也怕唠叨。

前阵子偷摸着和小姨打电话的时候，有碰到小五不对劲的地方。

比如，他在小花园跑步的时候，因为崩溃而咆哮，并且还连名带姓地骂我。

他是当我听不到吗？

再比如，他跳舞的时候会故意偷懒，我背对着他的时候，他的高抬腿动作就会放得很低；我看着他的时候，他就会做得很标准，只是表情很狰狞，眼睛里充满了对我的仇恨……

咳咳，跳舞不是他喜欢的事吗？怎么弄得我像是杀了他全家的坏蛋？

总之，这样的事情还有很多。

最近的就是他来我房间壁咚我，我能闻到他身上的味道，味道很普通，普通到几秒钟后就会忘记。

由于这个传说中壁咚的距离太近，我能看到他的耳朵散开的红晕。

一种无法言说的感觉在我心里弥漫开。

紧接着，他又向我靠近。好奇怪，我竟然没有想要推开他的冲动。然后他在我的头顶停下来了。

原来，他的目的只是为了闻我的头发……

我知道我的生活挺精致的，但如果他想知道我用的洗发水的牌子，我也不见得不会告诉他。

毕竟都是兄弟，只要他开口。

可是他没有，反而动手了……咳咳。我真的没想到他变成了这样。

此时此刻，我正坐在沙发上，盯着茶几上的诺基亚发呆。

这里面到底有什么秘密呢？

回想起下午躺在床上不小心被它硌到，我几乎敢肯定，这是小五故意留下来的。可是我太糊涂了，不知道怎么破解它。

唉，这小五将它拿过来的时候也不记得带充电线，搞得我头挺疼的。

第八话× 怎么，游泳都能忘？

两周的训练终于结束。

隔天下午我们就坐上了回去的车，到达 H 市已经是傍晚。

像是算好了一样，刚回来我就收到了沈春连喊我出去的微信，我打量了下周围，回了个“好”，然后就从宿舍里溜了出去。

约定好的地方是我们互换灵魂时的剧院附近。

我压低鸭舌帽，用口罩把脸遮得严严实实。为了不吸引人注意，我还躲在树下的阴影里，蹲在小花坛边等他。

不久，我看见一个扎着高马尾的“我”向我跑来。

我站起来朝沈春连挥手，才发现他身边站着一个女孩子，穿着背带裤，笑得憨憨的。

这人我太熟悉了，可不就是我们杂志社混吃等死的苏乐嘛。

我的笑容凝固了，挥动的双手也不知道该不该放下。

沈春连走近，就站在我旁边。我拉了一下他，问：“你带苏乐来干吗？”

沈春连压低声音：“她说她是我的黑粉。我想着现在也找不到一模一样的‘私生饭’，那就找个差不多的。”

“……”

我垂头，过了一秒，我揉了揉“我”可爱的小脑袋。

你可真聪明。

苏乐见了我很是激动，冲到我面前，冒着星星眼：“你……你就是沈春连吗？”

说实话，我以前并不知道苏乐追星的，只知道她可能家庭条件不错出来混日子。

于是我对她也就睁一只眼闭一只眼。

但按刚刚沈春连的话，苏乐是黑粉才对啊，怎么现在……难道我年纪大了对黑粉有了什么误解？

黑粉不应该骂人，甚至还动手的吗？

我歪头望向沈春连，沈春连眯眼笑，语气十分肯定：“她真是黑粉！”

我扭头，半信半疑地朝苏乐点头。

苏乐突然嗨了，脸上的笑容根本止不住，更让人惊讶的是，她还抱住了我，激动得眼泪鼻涕流得稀里哗啦。

苏乐：“不知道你还记不记得我，我之前跟你打过游戏！你打游戏也那么厉害！”

“……”

原来我的号是被你盗用的。

我将她拉开，有点嫌弃：“你不是沈……我的黑粉吗？”

“对啊，对啊。”苏乐拼命点头，“我黑了你这么多年，都黑出感情来了。天啊，这是我第一次见我黑的正主啊，我太激动了。”

“……”

“我能和你合张影吗？”苏乐拿出手机，满怀期待，“要是让我们黑粉后援会看到，他们肯定会羡慕死我的！”

呃……你们真的是黑粉吗？

你们这样的黑粉，除了“活久见”，我已经没有别的可以说了。

旁边的沈春连大概是因为用的是我的身体，所以全程路人视角像是吃瓜看戏一样，非常开心。

我朝他使了个眼色，他立马意识到也该干正事了。

沈春连把苏乐拉开，一本正经地说：“咳咳，该干活了。”

“哦，对！”苏乐挠挠头，然后像是想起了什么，猛地一抬头，“我们要干什么来着？”

晕，我就知道不靠谱。

等当初那个黄牛赶到的时候，我真的是忍了很久才控制住自己没叫他还钱。

我们三个人站在一边，沈春连在一旁安排。

“苏乐，等会儿你就拿这台相机砸他。”他微微愣了一下，指了指我。

苏乐抱着相机，有些担忧：“砸坏了他，他不会告我吧？”

沈春连几乎是条件反射性地回应：“不会，我都没说什么。”

他刚说完，黄牛和苏乐意味不明地将目光投在我和沈春连身上。我伸手晃了晃，拼命摇头：“不，不是你们想的那样……”

沈春连反应过来，干咳了两声：“别乱想！我……”

就在他还想要解释的时候，我推了他一把，走到他们前面，冲他们喊：“赶紧过来，Action 了。”

毕竟挺晚了……我看了一眼手表，叹了口气。

刚回来就溜出来，要是被江泽野知道了，肯定怎么死都不知道了。

大家各就各位，我揉了揉脑袋。之前那次，是我被沈春连拦了，然后我被砸晕了。那么换个角度，我现在是不会感觉痛的，就算换回去，痛也让沈春连痛完了？

这么一想，果然好多了。

我和沈春连兵分两路，在收到他准备好的指令后，我冲着苏乐比了个“OK”的手势，然后飞快地往前跑，苏乐也跟着我在后面追。

我和沈春连几乎是同时到达那个路口。

我和沈春连相视一笑，伸手悄悄比了个“OK”，然后示意身后的苏乐砸我。苏乐领会，端起相机就往我头上砸。按照情节，沈春连这个时候会把我推开。虽然被砸的不是我，但条件反射之下，我还是迅速闭上眼睛，毕竟演戏演全套吧，得敬业。

才不是因为害怕。

可是我等了很久，不仅没有疼痛感，连被推的感觉都没有。

难道，我换回去了？

这么快？

于是我悄悄地睁开眼，发现一个人站在我面前，死死地抓着苏乐那只拿着相机砸我的手。

从我的方向只能看到他的侧脸，轮廓很立体，逆着路灯的暖光却显得很温柔。但我没敢多欣赏，反而迅速抱头蹲下，不敢看他。

谁能告诉我，江泽野为什么会出现在这里？

沈春连看到江泽野也是一惊，也立马蹲在了我旁边，用眼神示意我：“你被跟踪了？”

“怎么可能？”我白了他一眼。

出来的时候,我特别注意过四周,尤其是身后,绝对不可能被跟踪。

我俩缩在江泽野后面，只听见江泽野冷冷地问苏乐：“为什么要攻击别人？”

苏乐语无伦次：“啊？这这这，嗯……也是安排好的吗？”

“安排？”江泽野的脸色更不好了，“你们‘私生饭’攻击人还是有预谋的？”

苏乐委屈：“你能放开我吗……相机拿不稳了。”

对于此等犯错不知悔改的人，江泽野觉得自己很有义务教育一下她：“可以，跟我去趟派出所。”

黄牛听见“派出所”三个字几乎是拔腿就跑。苏乐也意识到，这好像不是演戏，歪着脑袋冲着沈春连喊：“陆姐，你不是说这活儿不犯法吗？”

说完，她就大声哭了出来。我内心不安地捂着脸，沈春连找我救助：“快，轮到你出场了。”

嗯？这不是你请的人吗？

我被沈春连的眼神弄得没办法，站起来走到江泽野身边：“老大，人家还是一个小姑娘，算了吧……”

“你认识她？”

我尴尬地笑，尴尬地点头。

江泽野松开苏乐，转头望了下蹲在地上的沈春连，又看了看我，叹了口气：“你……脚踏两条船？”

我目瞪口呆，这话真是把我雷得外酥里嫩。

那件事解决后，我跟着江泽野上了他的车。

整个过程，江泽野都没和我说话，甚至看都没看我一眼。我有些尴尬，偏头看窗外，大脑飞速运转，该怎么跟他好好解释一下比较好。

车最后停在了 H 市有名的花园酒店。

我满脸问号，回头看江泽野，发现江泽野已经在解安全带了。

我喊住他：“老大，我们这是不回宿舍了？”

江泽野如梦初醒，轻拍了下额头，低声说：“我差点把你忘了。”

我的存在感现在变得这么低了？

按江泽野所说，他今天是要和一个重要的人见面，路上刚好碰到我所以来解救一下，结果路上走了下神，忘了叫我自己打车回去。

我觉得他是气得走了下神。

江泽野独自去了酒店的餐厅，而我就在外面乱逛等他。幸运的是，这个酒店很大，里面有一个 H 市知名的郁金香田，旁边还配备了露天游泳池，装修也很复古。

既然有了这个机会，那势必是要去看一看的。

因为是晚上，整个花园闪起了细细的荧光灯，在夜色中显得十分温暖。不知道是不是工作日的关系，人不太多，就连那个露天泳池人也不多，只有零星几个。

我坐在一边的长椅上，拿出手机刷微博。

很多天没有碰手机，微博的话题也好像没变什么，除了今天白天的话题“#YUM 男团集训回归 #”是关于我的以外，剩下的几乎都是各种通稿夸赞各家明星而已。

我随便翻了翻首页，准备关掉的时候，一个微博提示音拉住我。

是一个陌生用户，ID 名：用户 789101×。

对方并没有多说什么话，就只发了一张照片给我，照片上是江泽野和一个鬈发成熟女人。

我立刻就坐直了，这个人好眼熟，不就是那天我在小树林看见的女人吗？我拿着这张照片上下比对，发现这张照片的背景似乎就是这家酒店，而且江泽野这一身打扮，的确和刚刚是一样的！

此时，我的第一反应是，江泽野被盯上了。

高清照片，很明显是有人特地蹲守拍的，那……为什么要用匿名小号发给我呢？直接发给媒体不是更快吗？

不过，这也算是给我的把柄了。

上次那部诺基亚不知道怎么就此退休，那张照片的事也不了了之。我可以用这张照片先吓吓他，再让他提防着点。

我不禁为自己的智商感到骄傲。

我将那张照片保存在手机里，随后关闭了微博准备给江泽野打电话，没想到江泽野的电话先打过来了。

还真是有默契。我心想，然后按下了通话键。

“你在哪儿？”

江泽野的声音有点沙哑，风格还是和往常一样，言简意赅。

我看了看周围：“花园的泳池旁。啊，对了，我有话跟你说……”

我话都没说完，江泽野就挂了电话。我眯着眼朝着手机吐了口气，生气地在原地跺了下脚。

没过多久，江泽野出现在了我的视线里，他在泳池对面，我怕他没看见我，便站起来朝他挥手。

比起我的热情，他可是冷淡很多了，酷酷地站在那里，冲着我勾了勾手指。

好气。

但想到等会儿要让他好看，我把这股气咽了下去，然后朝着他的方向跑过去。

没想到的是，在我正准备转弯的时候，一个小孩突然从我的右侧奔了过来，狠狠地撞上了我。我一时间失去了平衡，直直地往左侧的泳池倒去。

我眼睛睁大，完全没意料到这出。

水花因为我的坠落而溅起，我条件反射性地在水里挣扎，双腿不知道为什么，像是被绊住一样，怎么都使不上劲。

“救……救命。”说着，我又不小心灌了好几口水。

江泽野原本没什么反应，反而有种看热闹的架势。在我喊出“救命”的一刹那，他也意识到不对，飞快地跳下了水。

“小五，小五……”

在我失去意识之前，我听到江泽野不停地在喊我，可是我好累，没办法回应他。

醒来之后，是在医院。

眼前一片白，周围也没有人。

我撑着手臂坐起来，发现门外面有两个人在说话，一个是江泽野，另一个就是那个鬈发女人。

我无语。

现在都什么时候了，还有心情谈情说爱。

半晌后，江泽野拎着一个果篮走了进来，见我醒了，明显松了口气。

“醒了？”

想起他刚刚在门口和别的人谈情说爱，我莫名地没好气回道：“你自己不会看啊。”

江泽野准备放下果篮的手一顿："你是在冲我生气吗？"

我意识到刚刚情绪来得太突然，立马收敛住，保持沉默。

江泽野拿着一个苹果和一把小刀坐在我面前："我以为你会自己爬起来。"

"毕竟，"他顿了顿，"你以前曾参加过游泳比赛还拿过奖。"

"……"

完了，露馅了。

我想不到回复的理由，有一瞬间的愣神。江泽野却不知道似的，把那个削好的苹果放在我面前晃了晃。

我弱弱地伸出手接下，咬了一小口。

啧，好酸。

江泽野还想要说什么，可我不太想听，眼睛一瞟，瞟到了旁边柜子的手机。

不如……转移话题吧！

我切换成严肃的样子，拿过手机翻出那张照片给江泽野看。

"其他的我们先不提，先说说这个吧。"

江泽野看到照片的时候，表情果然很精彩，满脸不敢相信的样子："你……你都知道了？"

合着你还想瞒我啊，这种事本来就是纸包不住火。

"我觉得这个行为很过分，你自己也说了，现在是偶像的上升期，你觉得你这个样子对得起我，对得起大家的努力吗？"

江泽野皱眉："小五，我对你有愧疚，但没有对不起任何人。"

我第一次见江泽野这么磨叽的样子，内心有些暗爽怎么办，不过我还是要稳住，绝对绝对不能笑出声来。

江泽野见我没说话，又解释道："而且，我和她见面也是为了……"

这时，门开了，进来的是刚才和江泽野说话的鬈发女人，啊啊啊！就是包养江泽野的正主啊！就这么光明正大来我病房，要不要这么刺激啊？天啊！

“你有想过这件事被发现你会怎么样吗？”我惊吓地捂住心脏，轻声对江泽野说。

江泽野似乎有些不解，我拦住他说话的势头，示意他出去。

有些事，就得靠我出场了。

既然这个女人光明正大地出现在这里，就说明她不简单，保不准是想被狗仔拍到要一个名分的。虽然江泽野待我粗暴，但我实在是不喜欢这种落井下石的行为。

况且……刚刚江泽野也救了我不是。

等江泽野出去，并且关上了门，眼前的这个女人急切地坐在了我面前，抓住了我的手。

震惊！

这是要勾引自家男朋友的兄弟？

江泽野，你是不是瞎啊！为了钱可以这样忍气吞声的吗？

我咬着牙把自己的手从她手里抽出来，冷着脸说：“你以后能不能不要找江泽野了？”

对面的女人表情有些受伤：“小连，我都是为了你啊。”

小什么连？

我瑟瑟发抖地抱住自己，这人怕不是想包养我，踩着江泽野接近我？

太狗血了吧？

“你别这么叫我！”我嫌弃地甩手。

面前的女人含着泪，委屈得不行：“虽然大家都不支持你，但是大家都很关心你，你离家出走，妈妈也没少去找你，知道你为了梦想很努力很努力，妈妈又心疼又感到自豪。”

“……”

完了，我有点蒙。

我是不是听错了，这人说她是我妈。

沈夫人见我不说话，以为我还在生气，小心翼翼地说：“你放心，妈妈绝对不会让你爸阻挠你实现梦想的。”

“……”

“你要是不想回家继承家产，那我们就不继承了。”

“……”

家产？

等等！我有点反应不过来了，这个长得好看的成熟大姐姐是沈春连他妈？而且沈春连还有家产继承？

这世界也太魔幻了吧……为什么没有人和我说清楚啊？

我带着一种复杂的心情抬头看沈夫人，试探性地问：“你是我妈？”

面前的女人听后沉默了几秒，接着大哭了起来：“就因为我一开始不支持你，我的宝贝儿子连妈都不认了吗？”

“……”

江泽野的内心活动

小五是偷溜出来做偶像的，瞒着家里，打算“白手起家”。

起先小姨找到我，只是为了了解小五的近况，然后托我时不时贴补他。后来，这事被小姨父知道后，我能感觉到小姨有一种想先下手为强的架势。

“绝对不能让沈遇把小连带回去！”

“不然小连会多恨我这个妈啊。”

以上为小姨的原话，这也是我为什么愿意帮她的原因。

集训结束后，我和小姨约了见面，想沟通一下她和离家出走的小五见面的事。

毕竟之前我和小五聊过，他对父母有点排斥。

结果路上撞见了小五被一个人追赶，手上还拿着“凶器”。

现在的粉丝很疯狂，我没想到光天化日可以这么疯狂，于是我立刻下车拦住了那个粉丝，避免了这场血光之灾，结果小五不仅没有感谢我，还因为见到我而神色慌张。

我觉得不对劲。

准确地说，我觉得这样的小五很不对劲。

于是我一走神，就把小五带到了和小姨见面的酒店……这些行为我以前不可能会有的。

说实话，有时候我觉得小五像个女孩子。当然了，我以前是没有这种感觉的。

他现在很喜欢笑，笑起来时有两个酒窝。

他的性格也变开朗了，也会和我开玩笑了，他的眼神和以前相比，好像也温柔了。

这么一想，我便又走神了。

我跟小姨见面，喊小五去一边转转。小姨知道小五也来了很是激动，铁了心要去见小五，偏偏她刚下定决心来找他，他就落水了。

曾经参加过青少年游泳比赛的沈春连，如今因为一个一米多的泳池溺水，并且昏迷不醒到住进医院。

我的认知有一点点崩塌。

好在，他和小姨见面还算和谐，但是……最近奇怪的事情太多了，凑在一起，总觉得哪里不太对劲。

到底是哪里不太对呢？

第九话×

因祸得福，我注定要洗白！

我发现，沈春连妈妈的爱很沉重。

我明明只是个普通溺水，按道理休息好了当天就可以出院，沈妈妈却强行让我住了三天院，期间吃了各种补品。要不是江泽野借口说即将要演出，我想沈妈妈可能会让我躺三个礼拜。

宿舍楼下，沈妈妈对江泽野再三嘱咐，内容无外乎按时给我进补之类的。

江泽野乖巧地答应下来。

我拦住没完没了的沈妈妈，冲着她微笑：“我在这里好着呢，你放心，早点回去吧。”

“可是，伤筋动骨一百天，你才休息了三天。”沈妈妈极度委屈。

我摇手，非常诚恳地说：“我只是溺个水，没伤筋动骨。”

在沈妈妈又要开口说话的时候，我拉住了旁边的江泽野，并且挽住了他："妈，你看，我不是还有表哥嘛。"

我是最近才知道江泽野是沈春连表哥的事实，想起我之前对他和沈妈妈之间关系的猜测，天啊，我简直尴尬得想钻进地缝。之后一定要去找沈春连补补课才行！

沈妈妈见我和江泽野感情这么好，也放了心，没再多说便回去了。

我和江泽野进宿舍后，见到了出差了很久的何云。

何云坐在客厅里和沐凌、安铬、陈子轩三个人聊天，见到我们，她笑着朝我们挥了挥手，示意我们过去。

然后她从包里拿出了一份文件，里面有几张行程表。

"我给你们安排了一些工作，最近可能会比较忙哦。"何云眯着眼笑，还顺手拿起杯子喝了口水，"啊，对了，你们训练得怎么样，演出安排在两天后，时间比较赶。"

江泽野拿起文件坐在沙发上，头都没抬："还行。"

"那就好，这首歌拿奖的概率比较高。"

突然我感觉有些不自在，抬头一看，发现大家都在悄悄瞟我。

大家还行，我不太行，拖后腿种子选手。

"哇，还有综艺啊。"安铬突然惊呼，"还是电竞综艺啊！而且是我和沐凌常打的那款！"

何云笑了笑："是的，不过他们那边要不了太多人，估计只能上两三个，到时候你们要自己争取名额。"

"没问题！"安铬兴奋地回，然后挪到了我身边，"小五必须上。"

我笑得很僵硬，挥了挥手："我不行的。"

安铬说："你哪里不行，你上次一打五带我们赢呢。"

江泽野似乎发现了什么端倪，问我：“你什么时候打游戏很厉害了？”

“……”

怎么回？我哪知道沈春连打游戏也菜啊，我又没跟他打过。

见我不说话，安铭好心地开口：“可能小五练了，以前他可菜了，现在贼厉害，简直大神级别。老大，我跟你说这个综艺小五必须上，他绝对带我们赢……”

我搭上安铭的肩膀，打断他，咬着牙一字一句道：“朋友，夸张了，夸张了，上次我是运气好。”

沐凌走上前，接过了安铭的话，且颇有看热闹的意味：“老大，上次小五那个大招打倒了一片，难度超级高，我觉得他都能和你Battle了，而且你还不见得能赢。”

这敢情是替我下挑战书啊……

江泽野走到我面前坐下：“来吗？”

我尴尬地笑了笑，随手拿起行程表，指着上面的一处：“不了，这不是还有演出嘛，我还要训练。”

说完，我就想拍死自己。哪壶不开提哪壶，打游戏我还擅长点，两天后的演出简直可以要了我的老命。

“觉悟不错。”

原本我以为自己可以这么躲过去，但完全没有考虑到安铭和沐凌这两个猪队友，他们分别坐在我和江泽野的旁边，继续一唱一和。

沐凌：“就开一局！”

安铭：“好久没有跟老大打游戏了，呜呜呜！”

沐凌：“就算要练舞也得劳逸结合不是！”

安铭：“打游戏可以缓解压力的。来嘛，我们就玩手机版，速战速决！”

我：“……”

躲得过初一，躲不过十五，我只好咬着牙答应了。

宿舍客厅。

我们一行人坐在沙发上，手机版刚好可以5V5，于是我们进入了自动匹配模式。

游戏刚开始我还想装一下沈春连的菜鸡样子，可是敌人来势汹汹，我一时有点忘记了，等我反应过来，我才发现，不知道怎么我们五个人走散了。而且就算是走散了，我和江泽野还在一起！

我的天啊！

江泽野操纵着角色慢悠悠地在我后面走来走去，就看着我在前面打打杀杀了。

我心里一“咯噔”。

我好怕露馅。

于是我思来想去，也不打怪了，迅速躲在了江泽野的身后，然后矫揉造作地说：“啊，老大！有人打我！他们好凶哦！”

“……”

沐凌一口水喷了出来，差点没把自己呛死。

安铬也是手一顿，不太自然地瞥了我一眼，只有陈子轩，相对来说比较淡定。

江泽野瞥了我一眼，随便放了几个大招，对面就倒了一片。

打完他也不急，照样慢悠悠地往前走，但明显故意走得很复杂。我想自己是菜鸟啊，要求保护，所以拼命地跟上。

江泽野咳了一声，淡淡地对我说：“不要跟着我。”

我眨了眨眼睛："人家害怕。"

"……"

最后还是我们赢了游戏，虽然是跟着江泽野躺赢的那种。

江泽野收起手机站起来，居高临下地望着我："你的操作还是进步了。"

"嗯？"

他没有回应我，自顾自回了房间。

我将手机往旁边一扔，松了口气，余光不经意落在了安铬和沐凌身上，发现他俩眼神有些奇怪。

最终沐凌朝我靠近，打量了一会儿，说："难道，那天是个幻觉？"

安铬："原来你还是个菜鸡！"

何云在我们打游戏的时候去打电话了，回来的时候游戏刚好结束。拿包的时候，何云像是想起了什么突然坐在了我旁边："这次是翻身之仗啦。"

我抬头，有些疑惑。

"这次的新歌你所占的比例特别多，是你们队长帮你争取的。想要让大家停止对你的污蔑，你就要用实力说话。"

我点头，点一次感觉没底气，又重复点了两次。

深夜，我打开了和沈春连的微信对话框，告诉他关于两天后演出的事情。

我和他的聊天记录还停在刚回来的那天，我给他发的舞蹈视频。

不知道他有没有自己练一练，我也是刚刚才知道大家其实都没有放弃他，对他寄予厚望，可是，可能会被我搞砸。

没等多久，我收到了沈春连的回复。

“我陪你练吧！拜托你了。”

我想了想，救人救到底，况且我还吃了他妈这么多补品，所以硬气地回了个“好”。

于是我开始了白天跟着队友练舞，晚上还要溜出去被沈春连折磨的痛苦生活，但好歹现在的结果虽然不算完美，也能看得过去，并且还不算难看。

上台表演的前一天，是公司的十周年庆典。

公司办了个酒会，邀请了业界很多知名人物。何云站在化妆间给我们挨个调整领带，嘱咐道：“我知道你们不喜欢这种场合，所以你们就凑个热闹就行，别得罪人。”

我点头，想着可以光明正大地偷懒，别提有多兴奋了。我强行控制了下自己激动的心情，然后跟着大家进了酒会场地。

酒会是在“连屿”酒店的后花园办的，是一个露天 Party。这次来了很多人，不仅有娱乐圈的导演、演员，还有时尚圈的红人。

以前我也会参加这种活动，常常是代表我们杂志社去争取新资源，喝酒应酬总是免不了。这次既然何姐都说只是凑热闹，那我就安安静静做个陪衬就行。

本来我是跟着江泽野的，后来被一旁的小点心吸引住了，索性就和他分开，拿了一堆小点心一个人安安静静地坐在一旁。

可能是沈春连的风评不好，有一些人经过我也没有想靠近我的意思。反而……我抬眼看向江泽野，他的周围倒是围了很多莺莺燕燕。

我失笑，帅哥总是受欢迎的，但是沈春连这样，也落得一个清净。

等我们公司的总裁上台说完话后，这场酒会开启了一个重要的环节——跳舞。在场男士可以自行邀请女士进入舞池跳舞，音乐风格多变，整体看下来还蛮 High。我虽然表面是个舞蹈担当，但因为最近高强度的训练有些疲惫，对这个兴致乏乏，避之不及。

当个吃瓜群众最开心了。

然而我没想到，我会在这里又遇见苏乐。

苏乐穿着一件蓝色小礼服，梳着一个公主头，显得可爱娇俏，和之前在办公室的她完全判若两人。

她明显是看到我了，端着酒杯，兴高采烈地踩着小高跟向我跑来。

等她凑近看见我桌上的各种小蛋糕后，她沉默了一下，然后咧开嘴对我笑。

“沈春连，好巧呀！”

“你怎么吃这么多好吃的也不叫我呀？”然后她非常高兴地坐到我旁边。

我对她出现在这里有些疑惑，一般杂志社的确会有这种酒会的邀请名额，但都会给比较有能力的人。

像苏乐这种……我低头打量了她这一身……哇，都是高级定制哎。

我迅速闭上了嘴，看来这人有点真人不露相。

“在这儿看见你真开心。

“这个真好吃，你真有眼光……

“外面的人说你太作了，挑三拣四，但我觉得你还好哎，至少和我一样爱吃甜的。”

……

苏乐在我耳边叽叽喳喳，我只偶尔附和，其他时间都在走神倒数。

什么时候能下班？

想着想着，不远处突然传来酒杯摔在地上碎裂的声音，但因为此时舞池里放着音乐，那头的动静并没有影响到他们的娱乐。

我漫不经心地往那边望了望，发现是一个西装革履的男子勾搭一个女人，而女人似乎很不愿意。

应酬得多了，这种事情也就见多了，所以我很快收回了目光，继续吃我的东西。

倒是旁边的苏乐有些激动，指着那边结巴地喊：“陆……陆姐！”

嗯？

我重新扭头，那头的女人偏了偏头，露出了张侧脸。

还真是“我”！

对于沈春连会以我的身份出席这场酒会，我是能猜到的，但是因为最近见他的频率实在是太高，所以就没太在意。

更何况今天，他打扮了一下，的确华丽，我有些没认出来。

我将最后一口蛋糕塞进嘴里，然后带着苏乐往那边靠近。

离他们还有一两米的时候，我听见那个男人对沈春连说的最后一句话——

“一个三流杂志社的记者摆什么调子，让你陪爷是给你面子。”

沈春连没说话，大概是第一次碰见这样的事有些被吓到。也是，有江泽野那样的队长，他们的确像是温室里的花朵一样，被保护得好好的。

见男人要对沈春连上手，我立刻从旁边服务员的托盘上拿起一杯红酒，走上前泼了过去。

泼完，我还轻轻拍了下手，假装歉意道：“不好意思，手滑了。”

那男人往后退了半步，看见是我后眼里盛满了怒意：“我当是谁，不就是黑料满天飞的沈春连嘛。”

我倒是没什么感觉，旁边的沈春连却是沉了沉脸色。

“哟，没想到我的黑料让你都认识我啦？”我朝他笑了笑，“好可惜，我都不认识你呢。”

“你……”

见他还想说什么，我立刻转头望向沈春连：“陆记者，好巧，没被什么闲杂人弄坏心情吧。”

沈春连因为我的出现有些惊讶，随即低下头去。

我觉得他是平常怼我怼得无法无天了，今天被我碰见难堪场景羞的！哈哈哈，突然有种翻身农奴把歌唱的感觉是怎么回事。

那个男人见我没把他放在眼里，更加生气了，伸出手就想打我。

在我反应过来的时候，他的手已经朝我挥来了。那一刻，我在想，打就打吧，等会儿我一定要还回去，不打你我就不姓陆。

然而等了很久，巴掌都没有落下。

耳边有熟悉的声音响起，我睁开眼，发现江泽野抓住了男人的手，面无表情地对男人说话。

“张导，好久不见。”

张导虽然平时和我们公司合作比较少，但也听说过江泽野的一些事。据说……在公司里江泽野还是很有发言权的，所以 YUM 男团虽然最近意外连连，但资源相较于同期出道的男团来说也算是比较好的。

况且……这个时候已经有很多双眼睛盯过来。张导缩回了手，寒暄了两句便退场了。

我觉得站在我面前的江泽野有点帅，花痴了几秒。我刚想夸几句，旁边的苏乐双手握拳就喊了起来：“啊啊啊，江泽野太 MAN 了！”

我瞪了苏乐一眼，挪了挪身子挡住她的视线，没想到她也跟着我移动。

果然是追星大佬。

江泽野还是没什么表情，瞅了我两眼，又瞅了沈春连两眼，然后皱着眉离开了。

我趁机跟上：“你去哪儿？”

“回家。”

“好！”我和他并肩快步朝前走，赔笑，“那，带上我吧！”

他停了下来，看我：“不陪你的小女朋友？”

小女朋友？哪个？苏乐吗？

我无奈地叹了口气，以“你多想了”的心情对江泽野翻了个白眼。

我跟着江泽野走到了地下停车场。

地下停车场人很少，灯光也很昏暗，咳嗽一声还能听见回音，我不禁背后发凉，紧紧跟着江泽野。

突然，江泽野停住转身，我没留意，直接撞在了他的身上，撞得我脑袋疼。

“你在这里等我。”江泽野摁住我的头，把我往后推了几步。

我点头，乖乖站着不动。

一阵凉风吹过，我不安地打量四周。一个人大半夜待在这里，还真有点害怕哈……

汽车行驶的声音越来越近，我激动地往那边走了几步，却听见“砰”的一声，与此同时，响起一声尖叫。

我朝着声源处看去，只见一辆车前面躺着一个男人，正吃痛地蜷起身子。那辆车的驾驶座的车门打开着，车主不知去向。

我正想走近，一个人拉住了我，我回头，映入眼帘的是江泽野那张冷冰冰的脸。

“你干吗？”

“你想干吗？”江泽野反问我。

我一时无措，指着那个倒地的男人：“救人啊！”

说完，我朝那个男人的方向跑，刚跑了两步，江泽野又拉住了我：“我已经打了120，也叫何云来处理了。”

我对江泽野有些无语，人命关天的大事，他怎么可以这么云淡风轻！

我拼命甩开他，撩了撩额头的碎发，径直往那个男人方向走，凑近一看，才发现，竟是张导。

真是冤家路窄。

虽然先前发生了不愉快，但我不能见死不救，于是我掏出口袋里的手帕，准备给他止住腿上的血。

江泽野又拉住了我，对我不解：“你知道你在干什么吗？你根本就不会紧急手法，万一做错了，这也是条人命。”

我另一只手抓住了他的手，尽管我的手也在微微颤抖，但我强行保持镇定：“你相信我吗？”

江泽野愣住，几秒后，他松开了我。

因为条件限制，我只能做到简单的包扎。这多亏我做记者的那几年，一天到晚跑新闻，遇到的紧急状况不计其数，所以该学会的，不该学会的，都了解了一点。

等救护车来了，我默默地退出了人群，手上、衣服上都沾着血，看起来狼狈不堪。

“我不是故意和你作对的……”我小心翼翼地开口。

“我知道。”

江泽野一双眼眸像海底一样深而平静，心里却有一层又一层的浪花袭来。

见他捂着自己的胸口，我以为他不舒服，有些紧张地询问：“你的胸没事吧？”

江泽野抬眸，叹了口气。他将手从胸口处移到了自己的衣服上，然后下一秒，他将自己的外套脱了下来，向我走了两步，准备披在我的身上。我嫌自己脏，灰溜溜地躲开了。他不开心，低着嗓子说话：“不许动。”

这三个字像有魔力，我站在原地动也不敢动。

他将衣服轻轻披在了我的身上，还拍了拍我的肩头。然后他拉着我的手往前走，没有再说话。

这件事只是个小插曲，并没有影响到后面的训练。

隔天，在一个通宵的排练后，终于迎来了这次新歌的演出。

上台前，大家在休息室里加练，我靠在休息室门口等沈春连。之前跟沈春连约好了的，要提前出去给他送票，毕竟这一场的票很难买。

等了好一会儿都没有消息，我无聊地刷起了微博。

一堆消息闯了进来，我点开，无数人艾特我，而且是同一条微博：

娱乐没有圈：YUM男团集训回归，中国风元素，不知道沈春连又会以怎样的方式制造车祸现场呢？

我微微眯眼，觉得这个什么圈有点看不起我。

我可是练习了很久的！

这时，我接到了沈春连的电话，然后飞快地跑出去给他送票，然而我发现他不是一个人，他竟然把苏乐给带过来了！

我把他拉到一边，小声问：“你们什么情况？”

沈春连一副看傻子的眼神，解释说：“就因为昨天，她觉得我和你有情况，所以缠着要跟我来吃瓜……”

算我多想了，我可不想和沈春连有什么纠缠。

回到休息室的时候，安铬正在找我，通知我候场，我跟了上去，突然想起了那条微博。于是我再次打开手机，点开微博，按了最左边的转发，并且俏皮地评论了一句“你猜”，然后把手机收回了口袋。

除去上次没有准备好的情况下，这是我第一次以沈春连的身份正式上台。

我不想出丑。

甚至可以说，我付出了这么多，是一定要得到回报的。

我跟着队友走上台，跟着他们鞠躬，跟着他们介绍自己，然后站在我们之前排好的队形上，像预想的那样顺利。

苏乐坐在第一排，手上拉着横幅，头上戴着应援物，看起来比谁都要兴奋。而沈春连坐在她旁边看我，眼里有着期待，有着不安。

这是他的翻身仗，可他只能做个围观者。

灯光熄灭，几束聚光灯打在我们身上，我扶了扶耳朵上的麦，江泽野也回头看我，给我打了打气。

好了，我不怕了。

音乐声响起，我开始跟着节奏边唱边跳。

每唱完一句，我都在心里悄悄地打上一个钩。

在快到沈春连那段舞蹈 SOLO 的时候，我大步往中心位置走，在跳了两下后，意外来了，我的耳返掉了。

以前看电视，很多明星也会有这样的状况，但往往他们的应急措施极其帅气。我也想这样，手往后拉着耳返的线，却没想到这个时候我忘记了转换队形，再加上耳返的线缠住了我的腿，我一个不注意整个人狠狠地摔在了地上。

耳朵上的麦也摔在了地上，发出了极度刺耳的嗡嗡声。

头疼。

这是舞台事故，大家都没有停下来，以免这场演出以笑话收场。

我低着头，为了不影响大家拼命往最旁边爬，可我太紧张了，就算现在站起来我也跟不上节奏……然后我闭上眼，无法抑制地哭了。

没有独舞，这个舞台变得很奇怪，我听到很多人小声议论。但下一秒，我看见一个身影很快地蹦上了台，然后极快地跟上了音乐的节奏，开始了这一小段独舞。

是沈春连，以我的身体在舞动。

这是一个男团舞，又加入了中国武术的元素，难度高，并不适合女生。但或许是沈春连的爆发力，使得这段舞变得很有亮点，而且力度掌握得刚刚好。

一首歌结束，底下掌声一片，尽管他们的眼睛里带着嘲笑或者是吃瓜的意味。

“所以到底是怎样？”

后台，等人到齐，江泽野终于发飙了。

领带被他生气地扯开，他冲到我面前一手拉住了我的领口，另外一只手也举了起来，像是要揍我。

我闭上眼，准备迎接这一拳，但迟迟没来，紧接着，我被放开。

沈春连拉住江泽野，他一直很怕他老大，可是这一次像是鼓起了勇气：“这次摔倒，是意外。”

江泽野转头，看着他：“陆小姐，这是我们团内部的事情，不好意思麻烦你离开。”

沈春连尴尬地收回手。

江泽野又接着说：“关于我们的舞蹈内容外泄的事情，我们会安排律师和你谈谈。”

我又开始没脑子地出风头了：“这跟他没关系……”

话还没说完，我看见沈春连跟我使眼色，组合的其他三人也冲着我挤眉弄眼。但没有机会了，我已经成功地朝江泽野冒火的头浇了一盆汽油……

江泽野面无表情：“沈春连，如果你还要保持你现在的状态，那就离开吧。”

如果是之前的我，我肯定会很开心，但现在，我看着所有人失落的神情，包括沈春连，我有些迟疑了。

刚开始成为沈春连，我千万个不愿意。

可是现在，我可以不用去做沈春连需要做的事了，但我也没有很开心。

我好像……敲碎了别人的梦想。

“对不起……”我挪到沈春连旁边，拉了下他的袖子。

“跟你没关系，你已经做得很好了。”他对我露出一个无奈的微笑，跟往常和我怼来怼去的态度完全不同。

我不知道该怎么办了。

江泽野冷着脸将我们送回宿舍，便以队长的身份去和公司的公关团队开会去了。

公关团队在列举了几个相对来说保守的方案后，江泽野抬眼，目光落在了白幕上的舞蹈视频上，就是之前，“陆耳耳”冲上台跳舞的那一段。

江泽野拿过鼠标，按下暂停键，女人冷冽的目光配上刚硬的动作，很是果断。

是好看的，还很眼熟……

何云察觉不对，走过来问道：“怎么了？”

江泽野眯着眼没说话，眼里流露出了不解。何云望向屏幕，淡淡一笑：“这个女孩子还挺有春连在舞台上的神采的，应该是春连的粉丝吧。”

“……”

问题就出在了这里。

江泽野按了继续播放，边看视频，边在心里默数：一个，两个，三个……最后还有一个后空翻的技巧。之前因为气火攻心他没有太注意，现在回放才发现——

这些，都是他曾经教给沈春连的动作。

剩下的日子里，何云为了让我们专心训练，特地嘱咐我们不要太关注舆论。

江泽野经常早出晚归，而我就仿佛是捅了娄子不敢担责任的小孩，躲在房间里不敢出门。

这些日子里，我不知道的是，网络上出现了一些不一样的声音，网友并没有完全去黑沈春连。

由于那一天沈春连借我的身体冲上台救场，导致很多人关注到他，但大多数关注也只是放在了他的舞蹈实力上。

网友 A：这个小姐姐太酷了吧！舞蹈动作太牛了！

网友 B：这段不是沈春连的 SOLO 部分吗，怎么感觉这位小姐姐跳得更有气势？

网友 C：三秒钟我要知道这个小姐姐的联系方式。

网友 D：回复楼上。陆耳耳，微博：MQ 小耳朵，美女记者。我记得她以前采访过 YUM，没想到跳舞和他们还有得一拼。

网友 E：众筹小姐姐出道！

……

直到某个晚上，一个神秘的微博爆了一张照片，照片上的人正是我和沈春连，看起来很亲密。

我一看，这不就是十周年酒会那天吗？而且那个 ID，不就是匿名给我发照片的那个吗？

我内心不禁产生疑惑，这个人看起来像是身边的人……可会是谁呢？

原以为这件事会给沈春连本就糟糕的名声雪上加霜，却没想到事态朝着我意料之外的方向发展。这张照片不仅没有给我造成太大负面影响，反而有造势者趁此机会嗑起了我和沈春连的 CP。网络上“春耳 CP”被刷到 CP 榜第一，我竟然也吸了不少粉。

这样的转折，完全超出了公司公关的预期。

何云更是想就这一点，借机洗白沈春连。江泽野在一旁皱眉，如果以 CP 的方式洗白，那以后就得以绑定的形式发展，以后大家就会忽略沈春连的能力，这就失去了沈春连加入组合的初衷。

沈春连以前说过想要靠实力证明自己，而且，他还没有搞清楚这两个人到底是什么样的关系。

“何姐，只有这一个办法吗？”江泽野问。

“怎么，你有什么想法？”何云收拾文件的手一顿，似乎想起了什么，惊讶地问，“你不会还真想告陆耳耳吧？”

江泽野那次的动怒仿佛就在眼前，这几天没提这件事，她还以为他忘记了。

“不是。”

“那就好。”

于情于理，陆耳耳给沈春连造成的负面影响可以说是降到了最低，要是逆着来，保不准会发生什么。

何云松了口气，刚想说什么，一个工作人员跑了进来：

“何姐，不好了，沈春连发微博了。”

没错，我发微博了。

虽然最近我没敢上网，但室友陈子轩回房时总会透露一些情况，所以我也了解了一些消息。无非是网络上的声音对我更不利而已。

一人做事一人当，总不能让别人来当替罪羊吧。

于是在这个夜晚，我登录了微博，斟酌之后，我码了一段字。

沈春连 V：演出中的惊喜变成了惊吓，但让你们开心了也不错？我会努力的。

评论一条条地蹦出来，我呼了口气，做好了心理准备点开，并且已经下定决心对特别过分的评论怼回去了。

没想到，事情竟然往我意料之外的方向发展。

小莲花花：春连勇敢飞，我们会保护你的！

路人 A：我是路人，虽然表演需要进步，但你还是蛮可爱的，加油。

路人 B：啊啊啊啊，你和小耳朵好配啊！

路人 C：路转粉了，软绵绵的样子太可爱啦！

……

这算是因祸得福吗？

一连好几页，我都没有翻到骂我的评论。但我并没有很开心，因为我似乎被人强行摁头了。

啊啊啊，这是要怎样啊，我都已经做好了被喷的准备啊！

还没来得及多想，微信消息提示音连续响了两下，分别是江泽野和沈春连发来的。

江泽野：“我有事找你。”

沈春连：“你又玩我的号了！”

我心想，难道我又惹祸了？这反响不是挺好的嘛！

沈春连生气我倒是不怕，我怕的是江泽野找我到底有什么事。

我小心翼翼地从自己房门口朝外探了探头。见四周无人，我偷偷摸摸地走了出来。我们比较省电，此时只有训练室亮着灯。

我走了过去，发现陈子轩、安铬和沐凌三个人在练舞。

江泽野并不在。

不知道为什么我心里松了口气，可能是因为我还没想好怎么面对老大吧，而且那天他发火的时候的确是把我吓到了。

万一这次他是来告诉我，他要告沈春连呢？那我怎么办？

沈春连毕竟用的是我的身体，我可不能让他坐牢！

陈子轩在前面领舞，看到我顿了顿。我招了招手让他继续，我算着拍子，在合适的时候加进去。

一曲毕，我转过头的时候就看到了江泽野，一颗惴惴不安的心仿佛卡在了嗓子眼。

我呼着气往后退了两步，江泽野却向我走近，一把抓住我的手臂，将我带到一旁。

我一看他严肃的神情，咽了咽口水。

他是不是怪我自作主张发微博？天啊，我又火上浇油了吗？

于是我狠了狠心，率先说道：“我只是觉得我要自己承担一些事。”

“你……”

“我不想总让你们擦屁股。不管是这次，还是之前所有的黑料，那都应该让我自己来面对。”

“不是，我……”

“对不起，我应该先跟你说的。”

我朝他鞠了一躬，表示道歉。

我用余光偷偷观察他的表情，发现他的表情并没有之前难看。

这是不生气了吗？

江泽野愣了几秒，望着我一动不动。

于是我忍不住伸手在他面前晃了晃，却没想到他突然伸手抓住了我。我背后是墙，他抓住我的时候，我一时没站稳，往后退了退，直接就靠在了墙上。

“你变了。”

良久，他吐出了这三个字。

我一怔，又是哪里露馅了吗？

他松开我，退了两步，和我保持了一点距离。

正当我以为他不会说什么的时候，他淡淡开口：“虽然我说不上哪里不对，但我觉得你变化很大。包括这次，你为自己发声，这是以前的你不会做的，我总有一种感觉，你好像……”

说到这里，他顿了顿，没再继续。

“你没错，发个微博也没什么大不了的。而且算是……”他抬眼望我，我能在他眼里看到自己，“因祸得福吧。”

他的嘴唇一开一合，嘴角不经意地翘起了一个小小的弧度。

他在笑！

太好了，他没有不开心！

我笑嘻嘻地抬头看他，试探性地开口：“那沈……呃……陆耳耳上台跳舞的事，你还告她吗？那是我擅作主张，真的跟她没关系！”

“你很紧张吗？”

是的，我很紧张。

但我始终贯彻死鸭子嘴硬的原则，斩钉截铁道：“没有！绝对没有！但……做人嘛，要讲义气。”

江泽野打量了我一番，缓缓开口：“不告了。”

得知这个消息的我开心地冲向他，紧紧地抱住了他，松开的时候，我不小心瞥到他的耳朵。

嗯？竟然是红的！

没等我抓住这个嘲笑他，耳边悠悠传来他淡淡的声音：

“那我等你老实交代，为什么外传我教你的舞蹈技巧。”

嗯？什么技巧？

江泽野的内心活动

最近团内遇到的挫折不少，趁着这次意外平息，我去了星巴克，打算点些食物犒劳他们。

在等待的时候，我坐在靠窗的位置上玩手机，这阵子网友对我们的讨论很多，尤其是对沈春连的。

后面一桌的几个女人在叽叽喳喳地聊天。

我将口罩拉上，然后准备戴上耳机屏蔽声音，却无意捕捉到了她们聊天的关键词——陆耳耳。

顿时，我拿着耳机的手不自觉地放了下去。

“陆耳耳怎么会跳舞了啊，还跳得这么好！”

“像变了一个人一样，之前我约她做瑜伽，她痛得一直喊。”

“不瞒你们说，之前我们一起去舞蹈体验班，老师说她骨头硬。”

“万一人家改头换面，偷偷学呢？”

“舞蹈体验班是一个月前的事哎，就 YUM 那首歌的难度，一个月学得会吗？”

……

思绪随着她们的话越飞越远，直到手机振动提醒我取餐才把我的意识拉了回来。

她们还在那里八卦。

我揉了揉眉心，站起来去取餐。

说者无心，听者有意。

我心里的疑云越来越大，想起沈春连和陆耳耳的关系，以及这两人的改变。

这里面，一定有问题。

第十话×

我当然知道你是我爸！亲爸！

原本以为“春耳 CP”会在网络上火很久，我都做好心理准备迎接了，却没想到这件事只是一个晚上就被压了下来。

这些莫名出现的 CP 粉也只能默默地“圈地自萌”。

不过这件事对我来说也是有好处的，至少大家的注意力没有放在我身上了，黑我的言论也被那些团结的 CP 粉给压了下来，所以造成的负面影响也比较小。

近期天气多云转晴，气温也比较温和。

除了平常的训练，YUM 男团也迎来了久违的综艺录制。

“棒！”

出来放风的感觉太好了！

化妆间里，我心里美美的，喜悦一不小心就溢了出来，狠狠地鼓了一下掌。

这次出来，也没有像上次一样被扔鸡蛋了，真是太棒了。

我还在双手合十，自我陶醉的时候，我旁边的陈子轩扯了一下我：“咳，小五注意一下你的表情管理。”

我睁开一只眼，看到镜子里笑得“花枝招展”的我，迅速抿紧了嘴巴，然后朝着他比了个“OK”的手势。

化妆师小姐姐偷笑，我扭头故作严肃：“你笑什么？”

“没没没。”化妆师小姐姐以为我生气了，立马收起笑容，迅速投入工作。

我看她这副样子，没忍住笑了出来，伸出大拇指放在脸颊旁，说：“笑又不犯法，多笑笑呗。”

然后化妆师小姐姐捂着脸咯咯笑：“沈春连，你变开朗好多呀。”

我点了点头坐回去继续化妆，然后听见沐凌对着安铬说：“看到没，小五都学会撩妹了。”

我歪过头，瞪他们。

江泽野在我左边的位置安安静静地看杂志，没有加入我们的话题。

这个综艺节目是H市电视台的王牌节目，叫《欢乐七点半》，集室内游戏和访谈环节为一体，最近还增加了粉丝互动环节。

在主持人在台上介绍我们的名字后，我跟着江泽野上了台，底下一片掌声。

观众席上很多粉丝手拉横幅，还有各种应援物。我扫视一圈，在一个小角落里发现了沈春连的粉丝，虽然不多，但终归还是有的。

“小连冲呀！”

突然，离舞台最近的粉丝群里爆出一道喊声，离舞台较远的沈春连粉丝群听见后立即附和，在场的别家粉丝不服纷纷喊着自家“爱豆”的口号，一时间场面乱作一团。

我望向声源处，发现一个女人拿着手幅冲着我笑。

震惊，怎么是沈春连他妈呢！

沈妈妈今天没有披着头发，而是将头发扎起了一个高马尾，青春了不少。在她的旁边坐着一个中年男人，板着脸，看起来不是很高兴的样子。

沈妈妈用手肘推了下中年男人，他才不情不愿地朝我挥了挥手上的小手幅。

我突然反应过来，这可能是沈春连他爸。

真是倒霉，好不容易出来录个节目，结束后还得应付沈家爸妈。

好在，节目录制得很顺利，整体气氛也很融洽。等到了访谈环节，舞台上被设置成客厅的样子，有沙发、茶几，颇有几分温馨。

我坐在沙发边，准备做个隐形人，没想到主持人突然点到了我。

“有个问题想问问沈春连。之前的舞台事故好像给了粉丝不小的‘惊喜’，不知道你有没有什么话想对粉丝说的吗？”

我正在吃茶几上的薯片，听到这个问题的时候吓得够呛。然后我听到了底下观众的偷笑。

我耸耸肩，假装漫不经心地说：“当我的粉丝呢，以后惊喜肯定会很多的。嗯，大家开心就好。”

说完，我露出了一个大大的笑脸。

旁边的陈子轩推了推我，他带着营业性的微笑向我靠了靠：“小五，薯片沾到牙齿上了。”

“……”

我迅速闭上了嘴。

然而这个过程中，陈子轩忘记了自己还戴着麦，结果大家都听见了，底下又是一片嬉笑。

我终于意识到，陆耳耳只适合当一个谐星。

节目最后有一个合作的游戏，两两一组，每人叼一个杯子，两人三足地往终点送水，哪组最终送的水最多便获胜。

以抽签方式组队，我和江泽野分为一组，沐凌和安铬一组，陈子轩和另一位主持人一组。

我蹲下身子给江泽野和我绑腿，然后发现江泽野垂着眸，不知道在想什么。绑好后，我站起来拍了下他的背：“放心，姐带你飞。”

江泽野目瞪口呆：“姐？”

我咽了咽口水，吞吞吐吐：“口误，我是说，我带你飞。”

江泽野点头。

比赛开始后，我终于知道为什么江泽野在这个环节里这么沉默了。难以想象，舞蹈天才江泽野玩两人三足竟然站不稳！

他竟然是个游戏黑洞！

我心理突然平衡了，走路的时候我对他说：“你跟着我的节奏，我喊一，二，三。”

“好。”他淡淡地回。

结果整个过程中，江泽野像跟我作对一样。总而言之，在外人眼里，我和他真是一点默契都没有。

在一个转角的时候，江泽野一个没站稳，眼看着就要摔到旁边的海洋球池里了，我迅速伸手抓住他，却因为我们的腿绑在一起，我没站稳，和他齐齐摔了下去。

两个人摔得极为狼狈。

我们两个挣扎着爬起来，却又因为腿上的禁锢摔倒。

我没忍住叫了一声。

因为江泽野他是摔在我身上的，太重了，这算是多锻炼的弊端吗？

我抬眼望他，希望他从我身上爬起来，却发现我和他之间的距离好像有点太近了……我的视线对上了他的唇。

嗯？

我的大脑此时有点充血，心跳莫名快了起来，每一下都很响。我很怕他听见，于是伸出手想把他推开，却发现此刻的他表情有点不太对。

“你怎么了？”我出声询问。

“好像有点扭到了。”他咬牙撑起身子，却一个不慎又滑了下来，额头撞到了我的脑袋，我被他撞得有些发蒙。

此时他的脸有些发白，额头上也有些细汗。

那头，裁判吹响了结束的哨音。我努力地伸出手，朝他们喊：“这……这里，江泽野不对劲。”

听见我的呼喊，大家立马朝我们的方向赶来，第一时间把江泽野扶起。江泽野露出一个笑容，朝他们摆手：“没事，你们继续，我去后台休息一下。”

最后节目草草结束。

江泽野在电视台的医务室里做了个简单的检查，发现是扭伤导致的旧伤复发，不算严重，但是需要好好休养一阵子。

“你怎么就这么不懂照顾自己啊。”我小声嘀咕，出于一个路人粉的关心。

“嗯。”江泽野也不反驳我，忽然皱着鼻子朝我靠近。

我皱着眉往后躲：“咋了？”

“你换香水了？”

“哦……嗯。”

之前沈春连对香水没什么讲究，所以身上总是淡淡的木质香。我以前喜欢香水，偏爱果香，但因为现在是沈春连的身份，没敢用以前喜欢的，所以这次也只是换了木质香，里面混了点淡淡的橘子香。

并不出众的味道，却被他闻了出来。

我扶着江泽野从电视台的后门出去的时候，恰好碰见沈春连的爸爸妈妈。

沈妈妈依旧是一副紧张的样子，跑过来拉住我，左看右看：“宝贝儿子，你没受伤吧？”

我尴尬地挠头。

“咳，妈，受伤的是他。”我指了指旁边的江泽野。

沈妈妈又转过身，拉住了江泽野：“是哪里受伤了？不要紧吧？”

江泽野微笑：“旧伤而已，休息休息就好。”

“怎么能只休息呢！”沈妈妈一脸严肃，朝着江泽野不停地眨眼睛，“我觉得你需要好好补一补。”

我和江泽野都怔在原地。

沈妈妈大概是感觉有点尴尬，伸手招来沈爸爸：“对不对啊，老沈？”

沈爸爸还是那张冷冰冰的脸，大概在公众场合被老婆使唤有点不太好意思，脸偏向一边，回应道：“对对对，你说什么都对。”

碍于情面，我拉上了旧伤复发的江泽野答应了沈春连的父母回家住一天。

当车缓缓驶进一个别墅区的时候，我有些难以置信，却在心里安慰自己。

没事没事，住别墅嘛，H市挺多人住别墅的。

但是，当车开进一个私家花园，停在了一栋长得像城堡的房子前的时候，我有些兜不住了。

我拉着江泽野衣服的手忍不住颤抖，连声音也无法稳住："你别告诉我这是住人的……"

在H市住城堡也太浮夸了吧！据我所知，H市总共就三座城堡，其中两座是私家的，难道……这其中之一就是沈春连家的？

完蛋了，我感觉我得罪了一个土财主。

江泽野对我的反应有些不解，按住我左看右看的头，低声说："这不是你家吗，你问我？"

"……"

我跟着他们往里面走。在我看到这个花园的时候，我以为里面也会像电影里那样金碧辉煌，没想到，还好。

里面是普通的中式装修，古风古韵，看起来很舒服。

沈妈妈走到我旁边，抱住我，小声在我耳边嘟囔："是不是这个装修特别丑？"

"哈？"

"早就跟你爸说了搞西式，结果他就是搞搞外面应付我，真气人。"

"……"

我顿时松了口气，这么说不是城堡了？

吓我一跳。

江泽野在我身后低低地笑了一声，我转头瞪了他一眼，他立刻收住，一瘸一拐地从我面前走过。

格外坚强。

回来吃的这一顿，是沈妈妈亲自下厨，我和江泽野便坐在客厅里陪沈爸爸看电视。沈爸爸一直换着台不知道想干什么，我从桌上拿起两颗草莓，一颗递给江泽野，一颗塞进自己嘴里。

突然，沈爸爸喊住我："什么时候玩够了回来？"

我扭头，满脸疑问地看他。

他尴尬地偏过头，立马解释："你不想回来也没关系，玩够了再说。"

"不然你又不知道我是谁了。"他歪着头，小声嘀咕，语气里还夹杂着小小的委屈。

然后，他又开始换台了……

我想起之前有了解过沈春连是离家出走后进的娱乐圈，那这种情况，他父母应该是怕他又离家出走吧。

真是个倒霉孩子。

"我当然知道你是谁，你是我爸！亲爸！"我拿起一颗草莓，递给沈爸爸，沈爸爸一愣，我晃了晃草莓，"不吃吗？"

"吃吃吃。"沈爸爸迅速接下草莓，塞进嘴里，眉眼还带着笑。

大概是因为我的主动示好，沈爸爸开始有了点底气，他歪着身子问我："小连，前阵子你妈看了本杂志，上面说你交女朋友了？"

听到这句话时，我正在吃东西，于是我一个不小心噎住了，开始咳嗽。

江泽野在旁边嫌弃地看了我一眼，然后伸出手轻拍我的后背。

沈爸爸有点着急地抽出两张纸巾递给我，说道："瞧你急得，都是一家人，我也不会不让你谈恋爱。"

"而且，"沈爸爸朝着江泽野不好意思地笑了笑，又望向了我，"我们又不是那种搞门当户对的家庭。"

"你误会了！"我出口解释道。

这下不是沈爸爸坐不住，而是我旁边的这位江泽野兄弟。

“误会吗？我亲眼看见你们很亲密的样子。”江泽野端起杯子喝了口茶，悠悠地说。

他这副云淡风轻的样子，怎么就给我一种吃瓜看戏的感觉呢？

“放……屁！”我冲着江泽野喊，紧接着我又调整了位置，面对着沈爸爸，“爸爸，你听我说……”

这时，沈妈妈在厨房里喊道：“老沈，进来切洋葱！”

沈爸爸尴尬地起身，冲着我们说了句“你们玩你们玩”后，便迅速地溜进了厨房。

话说到一半被打断很不爽，我深深地吐了口气，宣泄一下。

江泽野凑近我，在我耳边低声问：“你要公开恋情了吗？”

他说话的时候，呼出的气息包裹住我的耳朵，等我清醒后，发现我已经错过了解释的最佳时机。江泽野已经靠在沙发上往嘴里送草莓了。

这都什么跟什么啊？

我瞥了江泽野一眼，准确来说是白了他一眼。

明明我和沈春连是那种革命的兄弟情，一条船上的蚂蚱，风浪一来就会被吹倒。这么弱小的存在，竟然都没有人理解。

简直太惨了！

吃饭的时候，饭桌上的气氛很低迷。

没有一个人说话，只能听得见咀嚼的声音。不知道这是不是沈家吃饭的传统，总之为了不当这个出头鸟，我整顿饭都吃得小心翼翼。

视线瞥到旁边细嚼慢咽的江泽野，想起了他的伤，于是我拿起旁边的空碗给他舀了一碗汤，冲他嬉皮笑脸：“来！排骨汤，补身体。”

我感觉大家都把视线投在了我身上，我扭头冲着沈爸爸沈妈妈笑。结果沈爸爸弱弱地端起了自己的碗：“小连，爸爸也想喝汤。”

嗯？

虽然我觉得有些不对劲，但还是给沈爸爸盛了一碗汤，于是接下来的时间里，沈爸爸用小勺子喝那碗汤足足喝了十几分钟……

大概是因为我主动盛汤开了一次先河，吃到一半的时候，一双筷子夹着洋葱放在了我的碗里，我抬头望了一眼，是温柔的沈妈妈。我朝她笑了笑，咬着牙把洋葱塞进嘴里。

啊，我讨厌洋葱。

但是我却竖起了大拇指，十分捧场：“好吃！”

没过多久，又有一双筷子夹着一些胡萝卜放到了我的碗里，我抬头一看，是慈祥的沈爸爸。我同样朝他笑了笑，内心骂骂咧咧地吃掉了那一堆胡萝卜。

我讨厌胡萝卜！

但我还是要昧着良心说话：“胡萝卜也好吃！”

正当这对夫妻还准备给我夹菜的时候，我迅速抱起我的碗，阻止道：“别给我夹了！”

大家吃饭的动作都停了下来……

沈妈妈乖巧地眨了眨眼：“怎么了？这些不是你最喜欢吃的菜吗？”

我：“……”

谁会喜欢吃洋葱和胡萝卜啊！我又不是兔子！

我往餐桌的某个方向抬了抬下巴，用眼神示意他们。

但他们还是没听懂的样子。

于是我站了起来，拿着筷子，夹起了离我最远的鸡腿放进碗里。

“我要吃肉！”夹完之后，我像是在说什么宣言一样，特别有决心。

沈妈妈咽了咽口水，冲我微笑：“吃肉好啊，吃肉长身体。”说完还严肃地瞪了一下沈爸爸，示意他把餐盘换个位置。

于是我的面前不再是各种颜色的蔬菜，而是香喷喷的肉！

“儿子，你那个厌肉症好了吗？”沈妈妈凑过来，试探性地问。

我一脸不解。

她又接着说：“看样子是没事了，难得看你这么开心地吃肉，真好。”

我更疑惑了，偏了偏头，望向江泽野。

江泽野的表情很平静，但又好像意识到了什么，若有所思道：“小连的厌肉症应该是好了，之前集训的时候我们还一起吃了糖醋排骨……”

我装模作样地点点头，难怪之前沈春连瘦得跟排骨一样，原来是不吃肉呀。

沈妈妈松了口气，推了推旁边吃得正开心的沈爸爸：“看来当明星还是有好处的哦。”

沈爸爸皱眉：“这跟当明星有什么关系吗？他继承家产也可以花钱治这个臭毛病……”

说着，意识到不对的沈爸爸立刻打住，发现旁边的沈妈妈表情很恐怖，猛地后背一凉。于是他伸手拿起杯子，喝了口水，心虚地说：“儿子的决定最大，当明星好啊，明星发光啊，不错！”

沈妈妈附和：“就是说。”

“……”

我觉得这对夫妻比沈春连更适合进娱乐圈，而且还很适合说相声。

夜深，大概是认床，也可能是床太软我睡不太惯，我在床上翻来覆去，最后决定出去走一走。

刚打开门的一刹那，隔壁江泽野的房门也猛地打开，我俩尴尬一笑，最后还是我先打破这个尴尬的局面。

“好巧啊，你也睡不着啊？”

江泽野点头：“想喝一杯。”

我的酒量很好，以前工作的时候常常应酬，就把酒量练出来了。

我走过去，拍了一下他的肩膀：“好啊，我陪你啊。”

于是，在这个带着微弱月光的夜晚，我和江泽野两个人大半夜盘腿坐在院子里的草坪上，难得散心似的喝着啤酒，他也难得讲一些关于他和沈春连小时候的事情。

江泽野说：“你还记得吗，我们小时候玩捉迷藏，外公挖了个坑种树，你为了躲我，差点被外公埋了。

“你还记得我们种的那棵枣树吗？外公家的。”

我答不上来，敷衍地说“记得”。

“你在树下面埋的字条上写了什么？”

他那双深邃的眼，让我觉得他好像看透了我一样。

我没说话，并且心虚地扭过头——我怎么知道你和沈春连小时候的事！我还没来得及补课呢！

见我沉默，江泽野又换了个话题。

“小五，你现在还想做偶像吗？”

我不知道该怎么回答，只对着他眯眼笑：“干一行爱一行吧。”

江泽野冷冷一笑，低头又喝了口酒，说：“你以前不是这么说的。”

“我以前怎么说的？”

“你说，这是你向往的东西。”

他说这话的时候，抬头望向天上的月。我顺着他的目光望过去，然后在收回视线的时候，余光不小心撞到了他眼睛里。

我好像看到了他眼里的星星。

外人眼里的他，谦逊有礼，但很少有人知道，他对队友严格，对自己更严格。

他也是热爱这一行的吧。

我正望他望得出神，他突然转头将目光投到我身上，四目相对。我被这猝不及防的视线吓得呛了一口酒，捂着嘴咳了起来。

江泽野看着我笑了，手放在我背上轻轻地拍。

“沈春连……”

他突然喊我，让我有些不安，怕他又提一些前尘往事我答不上来。我脑子一转想起了猜拳，于是抢话说：“我们猜拳吧！”

说完，我便笑嘻嘻地挥着手在他面前示范。

他盯了我好半晌，突然伸手抓住了我握拳的右手，身体向我缓缓靠近。我的身体因为他的靠近而后倾，他另一只手撑在地上，眼睛一直盯着我。

“沈春连不会玩猜拳。”

“……”

我偏开脸，不敢和他对视。接着我听到他微醺的声音，说出了让我感到不安的话——

“你是谁？”

洒在草坪上的月光似乎更亮了，我和他相对，能看到他眼里的我——有些慌张，有些害怕，像是赤裸着不知方向。

江泽野的内心活动

与其说，问沈春连是谁，倒不如说是在反问自己，你希望他是谁。

他改变了很多，会撒娇会卖萌，甚至在跑过来的时候，还会原地蹦一下，再跳过来。他笑的时候，眼睛的弧度会比以前更弯，牙齿也会露出一大排。

他会忍着痛训练，然后小声吐槽，用几个很简单的脏话问候你一遍。

他会看人眼色，你凶的时候他变㞞，你温柔的时候他会变得得寸进尺。

他会救人，会急救的办法，还有让人……心动的魔力。

……

和以前完全不一样。

我和沈春连从小一起长大，但现在的他却越来越陌生。

如果我们许久未见，这点变化倒是解释得通。但这段时间，我们明显是形影不离，那么这些变化是为什么呢？

如果今天没有去沈春连家，也许我的感觉还不会这么浓烈。

——沈叔叔草莓过敏，沈春连递了。

——沈春连不吃肉，现在吃了。

——沈春连从来不会帮人盛吃的，也不爱让别人给他夹菜。

——沈春连不会喝酒，是个一杯倒，这次他喝了三瓶。

……

所有的一切，除了他不是沈春连，没有任何可以解释的理由。

第十一话

就算是对着我的脸，
我也不会喜欢你

城北的莫奈花园里，我戴着鸭舌帽和墨镜坐在一个奶茶店的长椅上发愣。

那天晚上的事总是在我脑海里浮现，不是说我耿耿于怀，而是这几天我和江泽野遇见总会没来由地心虚。

我轻声叹了一口气，拿起面前的奶茶抿了一口。

突然后背被拍了一下，我转头看没人，又回过头，发现沈春连笑得无比灿烂地坐在我面前。

我朝他翻了个白眼，他没在意，反而拿起一旁的菜单，招来了服务员。点好单后，他双手放在桌上，规规矩矩地坐着，问我：“你叫我来干吗？”

我左右观察了一下，向前倾了倾，然后朝他招手。

他靠近了一些。

我悄悄地对他说："江泽野好像发现了什么。"

果然，他的表情变得很不可思议，但没过多久又消失了。我有点纳闷，这是什么表情，自暴自弃吗？

"你们——"沈春连顿了顿，眼里冒出了一点八卦的光，"发生了什么？"

这还是我认识的沈春连吗？

正当我想伸手去核实一下沈春连身份的时候，服务员把他的饮品端了上来，我往后侧了侧，假装若无其事。

沈春连就在那里偷笑。

等服务员离开，沈春连伸了伸懒腰，阳光斜斜地洒在他身上："自由真好。"

我满脸疑问。

他指了指我，又指了指自己。我马上就意识到我的墨镜和帽子，是的，我们交换了灵魂，那个藏着掖着的变成了我。

"你还没说发生了什么呢？"在成功秀完优越感后，他成功转移了话题。

我发现沈春连真的是越来越聪明了。

记忆飞回了那个晚上，我和江泽野以一种尴尬的姿势相对了很久，以至于我微微往后倾的腰都有点酸。

江泽野以为我没听清，又重复了一遍他的问题——

"你是谁？"

我觉得自己肯定躲不过了，心想要不破罐子破摔吧，被当作精神病也没关系。

结果楼上的窗户“嘎吱”一声响了，我的视线成功被转移。我推了一把江泽野的肩膀，指着那边说：“有人！”

可我没意识到，江泽野的一只手正撑在地上。

因为之前过于紧张，力气也猛地变大，我一推，成功地让他的左手偏离了重心，于是他抓着我的右手往我的方向倒了过来。

我看着江泽野一点一点地在我的眼里放大，最后停在了离我脸大概只有一两厘米的地方，而他的右手不知道什么时候从抓我的姿势变成了十指紧握。

我们两个一上一下躺在草坪上，如果我是以旁观者的身份站在旁边吃瓜，我一定会激动地摇旗呐喊。

但此时，周围太过静谧，我又是局中人，我想如果能加点特效，那一定有一排乌鸦“嘎嘎”飞过。

我尴尬地咳了两声，有点不知所措。

然后，我的关注点神奇地偏离了——他的皮肤太好了，根本没有毛孔！

我好生羡慕。

“沈春连，你耳朵红了。”正当我感叹他皮肤的时候，江泽野突然低声对我说。

这句话就像是电流一样，浑身血液往上冲，我很快便觉得耳朵烫得厉害。我偏过头，腾出一只手捂住耳朵。

紧接着，我感觉脸颊有什么擦过，最后停在那里，软绵绵的、热热的。

余光稍稍往那边一瞟，我很不可思议地瞪大了双眼。

那应该是我这辈子难以忘记的一幕，我陆耳耳被江泽野亲了，以及这人酒量比我还差，亲完就睡过去是什么神操作！

我费尽九牛二虎之力将他推开，拍了拍手，然后蹲在旁边看他。

视线从他的眼睛开始往下移，最后停在了他的唇上，想起了之前的触感，于是我立马用手捂住脸，试图将热气驱散。

刚刚，我被亲了吗？单身这么多年的陆耳耳被帅哥亲了？

那如果……刚刚我没偏过头，岂不是……

我拍了拍自己的脸，陆耳耳，你不可以这样哦，不可以想太多哦，要淡定哦。我忍不住低下头偷笑，不小心瞥到江泽野的耳朵。

那里也是火烧般的红。

不过，江泽野整张脸都是红的，谁知道是醉了，还是因为……其他什么呢？

当然，和沈春连叙述的时候，我省去了比较亲密的部分，免得沈春连自我代入然后崩溃。

“所以老大喝醉晕过去了，你躲过了一劫。”沈春连总结道。

我回想起那个吻，为了掩饰羞涩，只能低着头喝饮料，并且头垂得很低，尽量让帽檐遮住我的脸。

“嗯，不过我能感觉到他知道什么，所以，”我顿了顿，换了种严肃的语气，“我想坦白，把我们的事告诉他。”

沈春连思考了一会儿，像是下定决心一样，点了点头：“可以。”

“你说可以就行了。你跟我回去，我们一起去找江泽野。”

我心里很急切，不知道为什么。我很想让江泽野知道，我不是他的表弟沈春连，而是之前和他有过几面之缘的记者陆耳耳。

很想很想让他知道。

回到宿舍的时候，大家看到沈春连都很惊讶，陈子轩把我拉到一边：“你把她带来干什么？”

我不解，不知道他想表达什么。

“老大呢？”我问他们。

安铬和沐凌把我拉住，像是盯坏人一样看着沈春连，低声对我说：“你快点叫她走啊，不然就完蛋了。”

我更不解了。

这些人怎么都神经兮兮的，发生了什么吗？

沈春连拉了我一下，用眼神暗示我：“我还是走吧……”

这我就更生气了，明明说好要一起对江泽野摊牌，怎么能临时反悔？

我从沐凌和安铬身边挣扎出来，冲出去抓住了即将迈出去的沈春连的手。

而这时，江泽野从楼上下来了，面色铁青。

“你们都不要走。”他站定在我和沈春连面前，满脸不悦，接着他面向我，“你带她来干什么？”

我无法抑制内心的喜悦，朝他笑道：“摊牌！”

我明显感觉周围的人都有些提心吊胆，包括离我最近的沈春连。我意识到不对，补充道：“有些事我想单独跟你说，可以吗？”

江泽野皱了皱眉，轻轻地叹了口气：“不用了，我已经知道了。”

我更开心了！他说他知道我要说的事情。这么说，他早就知道我是陆耳耳，然后还有点喜欢我吗？

也许是我太过喜形于色，江泽野更加严肃了。他将手机放在我面前：“你其实可以不用以这种方式告诉我的。”

哈？我怎么有点听不懂了，视线缓缓移向手机屏幕。不看不要紧，一看吓一跳，微博热搜上莫名地又被我占了个第一，话题是“沈春连女友曝光”。

我点开，里面的微博无一不是今天下午我和沈春连见面的场景，由于我戴着鸭舌帽和墨镜所以身份不能确定，但还是有“热心”网友凭借我耳朵上的一颗痣认出来是我。而且因为照片拍摄角度的原因，显得我和沈春连很亲密。

我瞠目结舌，不敢相信。

这才多久啊……

我抬头看江泽野，不知道为什么，我竟然能从他的眼里看出“失望”两个字。

“我要说的摊牌不是这个……”我解释道。

可是江泽野不听，他只是冷着脸拿起外套往外走，看样子应该是去公司解决问题的。

门外渐渐地有了一丝喧闹，安铬跑过去看了看，迅速把大门关上：“外面竟然围了一堆记者，太可怕了，都追到这里来了。”

我缓缓移到客厅的沙发上坐下，怎么办，好心累。

沈春连这次没怼我，走到我旁边拍了拍我的肩，像是给我打气，悄悄地说：“等和老大讲清楚了，就好了。”

“可是这个绯闻怎么办？你现阶段如果谈恋爱不是要完蛋吗？”

沈春连白了我一眼：“我们真的谈恋爱了吗？”

我摇头。

“那不就得了。而且我黑料那么多，怕什么。”

我被安慰了。

然而下一秒，沈春连怕是太过自由以至于放飞了自我，他打开手机前置摄像头，照了照自己：“虽然你长得还算可爱，但脾气太差了，我怎么可能喜欢你。”

？？？

我这暴脾气可真是忍不了了，果然沈春连这人好不了三秒。

我冷漠地朝他微笑，一把抓住了他的领口：“你还别说，就算是对着我的脸，我也不会喜欢你！”

然后我们俩气呼呼地看着对方，突然就笑了。

而这时我和沈春连都没注意到，由于我们的举动，这个屋子里的其他三个人看我俩的眼神有多暧昧。

沐凌：“是真的吧？”

安铬：“我觉得是了。”

陈子轩：“他们感情真好。”

这次的绯闻事件很快被压下来，很多人都认出当事人是当时救场的陆耳耳，纷纷摇起“春耳 CP”大旗，占据了这场舆论的主导地位。

尤其是某 CP 大粉“春耳 SZD”，一边愉快地嗑了颗真人糖，一边秉持着“该出手时就出手”的原则，指挥着 CP 粉们给自家正主净化广场。

当然，负面影响也是有的。团粉对沈春连更加不服气，于是更卖力地想让他退出娱乐圈。所以网络上出现了一种奇怪的现象，以往 CP 粉都是处于最底层的粉丝，连冒头都不敢，而这次，“春耳 CP”粉却和沈春连的唯粉相处得异常和谐，甚至还携手一同战斗。

而这个时候，YUM 男团再次迎来外务，是 H 市电视台的七夕晚会，表演的节目不是新 EP，而是最近很火的一首甜甜的慢歌。

电视台的化妆间。

我和江泽野背对着化妆，我能透过我面前的镜子看见他，他的视线一直放在他手上的书上，是《天才在左，疯子在右》。

那件事情之后，我很久没有见过江泽野。江泽野总是早出晚归和我错开了时间，我连单独和他解释的机会都没有，想到今天的外务，我想一定要和他说清楚。

等化好妆，我走到饮水机那里倒了杯水，正往江泽野的位置走过去时，导演姐姐突然从外面冲了进来，跑到了江泽野身边，然后把他喊了出去。

我端着水的手僵硬地浮在半空，眼睁睁地看着江泽野没有感情地从我面前走过。

好想哭哦，这个世界是和我对着干吗？

等到上台，我都没有机会和江泽野说上一句话。

沈春连这次以我的身份代表杂志社来做后台采访，节目表演完后，我和他在后面碰了头，给他比了个加油的手势。

沈春连本来是笑着的，突然表情就定住了。

“老大……江……”

啥“老大姜”？

我察觉到不太对，顺着他的目光望去，发现江泽野站在我身侧，我刚想打个招呼，他又冷漠地走过。

我好无语。

一而再再而三遭遇冷脸，是个人，热情都会被浇得透透的。于是我也不想着解释了，就这么着吧，就这么混着，早点回去当陆耳耳。

我和沈春连趁着空当在电视台里的一个休息间见面。

“你找到那个黄牛了吗？”我问沈春连。

之前就差一点点就完成了我们的计划，结果那次之后，那个黄牛像是人间蒸发一样，怎么都找不到。

沈春连摇头晃脑：“太难了，这太难了。”

我垂头丧气，双手比着一朵花撑着下巴，坐在化妆镜前看着镜子里的沈春连的脸。

“怎么办，我当沈春连当腻了。”

沈春连也学我的样子：“我也当陆耳耳当腻了。”

我白了他一眼，又开始丧了：“我们不会换不回来了吧？我不想一辈子用别人的身份活下去。”

“你以为我想？我还想谈……”

“谈什么？”

“不告诉你！”

“幼稚。”

我俩争闹了一会儿，又静了下来。我呼了口气，望向他：“我觉得我们不能坐以待毙下去。”

“没找到‘原装黄牛’，我们可以找‘盗版’啊，你觉得呢？”

“可以试试。”

“那我们就……”

我竖起一根手指，颇有种指点江山的意味，但还没说完话，休息室里的换衣间突然传来了窸窸窣窣的动静。

我和沈春连警惕地望向那里，然后那扇门被推开，换上了日常服装的江泽野站在那里，一只手还插在口袋里，头顶的那束光打在他的脸上，有那么一瞬间我都无法睁开眼。

正当我陷于他的美貌不能自拔的时候，沈春连在我背后拉了拉我，我立刻反应了过来！

我的天啊！他不会听到了什么吧！

他不会把我们当神经病吧！

“江……”我正准备喊住江泽野，想试探性地问问，却没想到江泽野面无表情地向我走来，我都在心里找解释的说辞了，然而他却撞了我一下，然后离开了休息室。

“……”

他也太小气了吧！竟然还在生气！

一时间像是被他的情绪感染，我气得脑子直接蒙了，也就忘记了要去试探的心思了。

后台采访。

我缓了很久才能像现在一样稳住情绪，脸上挂着笑容，即使现在被一堆话筒围着也不烦躁。

之前那个绯闻，在我和沈春连的极力否认下，公司官方代表我们发了声明，否认了这一事情，再加上粉丝的团结合作，基本上这件事就告一段落了。况且在这件事之后，YUM男团也没什么在公开场合出现的机会，所以也没接受过什么采访，于是记者们便逮着了这一次机会。

尤其是，两个当事人都在这里。

沈春连完全没有想到自己会从采访者变成受访者，面对各种各样的镜头和话筒，他除了不停地否认，也不知道该说什么，整个人特别像个傻白甜。

可我不一样，我是陆耳耳，身经百战的陆耳耳。

我接过话筒，微笑道：“看来大家对我的八卦绯闻比对这场晚会感兴趣。其实我只是个小辈，来到这么大的平台很激动很开心，所以不想让其他事情冲淡了大家对这场晚会的关注度，谢谢你们对我的关心，以后有机会可以慢慢聊。”

然后我将话筒递回，退到了组合后面，整个采访我都没有再说一句话。而沈春连毕竟是带着采访任务来的，却一个问题也没问。

与其说没问，不如说江泽野一直没有接过他手里的话筒。

我站在一旁都在为沈春连着急，没完成采访，他怎么写稿子？面对主编他怎么交代？

在即将结束的时候，一个穿着蓬蓬裙的女孩子突然冲了进来，夺过了沈春连手上的话筒，挤到了人群的最前面。

或许这么说不太准确，她是挤到了前面，直接把话筒顶向了江泽野。

苏乐真是个勇士。我想。

苏乐拿着话筒，虽然个子不高，但特别有气势，挺直了腰板：“没时间了，快来翻我们的牌子吧！帅哥！”

她一出口，大家都被她逗笑了，也友好地给她腾出了位置。

江泽野没办法，只能接下话筒，然后耐心地回答了她提出的问题。

我在一边看着这一幕，似乎发现了以前不务正业的苏乐身上的潜力，以及……沈春连看向苏乐的时候，怎么眼睛里有星星？

采访的视频同步到了网上，果然引起了一大拨讨论：

团粉 A：是沈春连吧？是那个沈春连吧？

团粉 B：楼上你没有看错，沈春连好像有情商了，希望能持续保持。

路人 A：呜呜呜。我“真香”了，说这话的沈春连也太 Man 了吧，站在一边也好乖哦。

连粉：我们家连连入股不亏哦各位！他会越来越好的！

此处黑粉A路过：你们难道忘了你们偶像失格谈恋爱吗？真是没记性。

黑粉B：支持楼上。

……

晚会过后，YUM男团除了广告拍摄，几乎处于空窗期。

我除了待在宿舍里，就是偶尔跟着大家去公司开会，日子过得很是无聊。于是很长时间我都躺在床上刷微博，顺便发微博和粉丝互动。

房门轻轻地被打开一条缝隙，接着缓缓关上。

然后，我听见安铬和沐凌很小声对话的声音——

安铬："太反常了吧，小五这几天每天发条微博……"

沐凌："他还和粉丝抢沙发。"

安铬："哼，幼稚！不过他的粉丝量要超过我了，我害怕。"

沐凌："没关系的，老安，还有陈子轩陪你，哈哈哈！"

……

我悄悄地走到门后，在听墙脚听得差不多的时候，手伸向门把手然后用力一拉。

门"哗啦"一声打开，沐凌和安铬在我面前呆滞了好几秒。

我故作严肃："你们在我房间门口干什么呢？"

安铬头偏向一边，不说话。沐凌见安铬没志气的样子，摇摇头，对我说："这不是因为你这里光线好吗，我们来自拍的。"

我指着走廊，很明显他们房间门口的阳光更好："你确定吗？"

沐凌一本正经地解释："咳，你不懂，这样的光线下拍的照片很有艺术。"

神的艺术！

我正想拆他台，楼梯那边响起脚步声，紧接着江泽野那张冰块脸出现在了我眼前。不知道是不是我的错觉，我觉得江泽野的神情好像不是很自然。

“都在？”

我左右看了看，除了陈子轩不在，可不是都在嘛。

不过这人是没长眼睛吗？不会自己看？心里吐槽归心里吐槽，表面上还是要做一做样子，比如乖巧地点点头之类的。

“下楼吧，何姐来了，有事。”说完，江泽野扭头就走，却不是去楼下，而是自己的房间。

安铬小心翼翼地凑近我们说：“你有没有觉得最近老大很冷淡的样子？”

沐凌：“早就发现了，自七夕晚会那个外务后，他越来越冷，千里之外都能感觉到他的寒气。”

他们聊完将目光投向我，语气里有一丝八卦：“小五，有内幕吗？”

我汗颜，假装擦脑门上的汗：“都二十几的人了，能不能成熟点，一天到晚就知道八卦。”

沐凌微眯着眼，靠近我一步：“你真的不知道？我还以为你们关系好呢。”

不知道为什么，他这话说得我有点心虚，不过我还是狐假虎威地挺直了腰板，回击：“喂，这种内幕我怎么可能会知道？不过……”

我尴尬地顿了顿，补充道：“你们要是知道了记得顺便告诉我。”说完，我就往楼下溜了。

沐凌和安铬捧腹大笑，笑声大到我跑到楼下都能听到。

唉，失策，被嘲笑了。

可是我也好想知道呢。

何姐在楼下坐着，茶几上放着好几摞我们的照片，说是各种品牌方需要我们的签名。

签名来得猝不及防，我和沈春连完全是两种笔风，我终于又慌了。

然而没预料到的还在后面，何姐多拿了两百张给我，说道：“你多签两百张，广告方那边指明要你的。”

“为什么？”

“还不是因为你‘真实’。”何姐偷笑。

“……”

自从上次采访后，很多人都在网络上评论我“真实”“有趣”“直来直往”等，导致我算是小小出圈了一把。

这个人设我不想要，我是被迫的。

大概是以前不够自信的印象太过深入人心，这次的发言竟然让团粉都客观地表扬了我，我的粉丝数也非常顺利地创了个历史新高——300万。

其中一部分是何姐趁热度给我买的……这个还是不提比较好。

我把签名照搬回房间，盯着它们发呆。旁边凌乱地摆了几张签名照，都是我签毁了的。谁能想到沈春连的名字看起来挺正常，签名潦草到无法模仿。

我准备向沈春连求助了。嗯，这本来就是他的事，我一点心理负担都没有。

于是我拿出手机，在即将翻到他微信的那一刻，微博突然弹出了我微博的私密关注——吃喝玩乐苏乐乐。

奇怪，我什么时候私密关注苏乐了？

我点进去发现苏乐在 YUM 男团的超话里发了一条拍卖微博，并且短短十几分钟，一张江泽野的签名照卖一千二。

我震惊！

他们签名这么挣钱的吗？

不过，我还是很好奇，为什么沈春连的微博里会出现一个私密关注，这个账号的密码除了公司，只有我和沈春连知道，难道……

我想起那天沈春连看苏乐的眼神，八卦之心蠢蠢欲动。

沈春连的内心活动

私密关注苏乐的，是我。

没错！就是我！

理由很简单，我想知道她在微博上究竟是怎么黑我的。为了不被人发现又能及时找到她，我找到了这个好办法。

谁叫陆耳耳死活不肯把号给我，小气。

当我看到苏乐的首页的时候，我恨自己，恨自己为什么按捺不住好奇。

她这不是黑，明明是糗事百事通，我十分纳闷十岁那年我误入女厕所的事是怎么被她知道的，以及为什么这样一条微博竟然有一千多个赞。

这个世界，我看不透了。

猛然想起我和陆耳耳爆出绯闻的那一天，苏乐表现出异常积极的样子，我还没迈进杂志社，她就冲到了我面前。

“陆姐，你和沈春连在一起了吗？”

我汗颜，绕过她走进办公室，想无视她这个话题。可没想到，她就像牛皮糖一样，整整一天跟我形影不离。

我疯了。我妥协了。我向她招了。

“不是不是，我们不是恋人！”

苏乐只是愣了那么几秒钟，挑着眉，语气有些奇怪：“你们不用这么‘隐秘’啦。”

“……”

然后她拿起手机开启了备忘录：“陆姐，假的也没关系。你只要告诉我一些料就可以，不用和我说这些东西的。”

“什么料？”

“比如说，沈春连不为人知的糗事。陆姐，你不准敷衍我，就算你不是沈春连的女朋友，但现在也是能一起被拍的关系了，我不信你没有。”说完，她又补充一句，“不然你编也可以，别告诉我是假的就行。”

还能这样？能不能有点记者的操守啊？

在这场绯闻风波前，我还记得陆耳耳说，她想和江泽野坦白，坦白这段离奇的经历。

她说，哪怕被人误解，被人当作疯子，也不想总是顶替一个人活着。

我觉得她说得很有道理，没有人会想要以别人的身份活着，包括我。

那天，我坐在办公椅上写日记，思考着这个问题，苏乐坐在我面前吃麻辣烫，香味溢得整个办公室都是。

主编进来一定会生气，但是她好像从来不在意，道歉道得最快，打脸也打得最急。

没错，我也很想和她坦白。

她要是知道我就是她讨厌得要死的那个沈春连，会不会气死？或者……激动？

不过，事情还是没那么顺利，意外在我身上还是很多的。

坦白这件事，或许还是找个黄道吉日比较好。

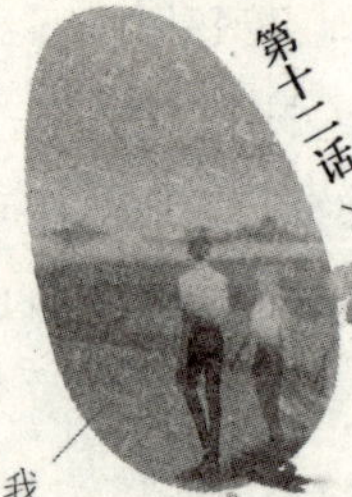

第十二话 × 我卖的签名照，全网最低价好不好！

我找到了一个生财之道，那就是——卖签名照！

根据我昨晚一夜的观察，我发现某二手闲置平台有人在卖明星的各种东西，大至明星的衣服，小至明星的头发。我虽然不是很能理解，但想起那天苏乐拍卖签名照拍到了一千二，我觉得这是个商机。

而且，也不知道什么时候会换回去，赚点小钱当这阵子的苦力费，不过分吧？

于是我兴高采烈地打开闲置平台的页面，发布了“YUM 男团全网最低价货真价实签名照”的宝贝，标价一千。

发布后，我从抽屉里拿出几张照片，是何姐上次拿来的，我还特地留了一些。

我拿着这些照片，心里美滋滋的，站起身往外走。

今天是工作日，但对我们来说，没有工作的日子，差不多也算是休息日了。我原本是想去训练室找人给我签名的，没想到走到客厅时发现所有人都在。

江泽野看到我有些惊讶，不过还是很快收敛起来，拿起桌上的一个礼品盒走到我面前递给我："等会儿有个商演，你准备一下？"

我有些不解，商演？行程表上好像没有这出啊。

不过我不好问太多，接下盒子准备返回去。突然想起了什么，我又转头对江泽野道："你们给我签个名呗，上次漏了这些，晚些我再给何姐。"

江泽野点头，接下了。

我抱着盒子在一边等他。

江泽野见我不走，还满脸期待，问我："你的意思是，现在签？"

"对啊。"

江泽野叹了口气，从桌上找了一支笔，挨个签上了。

哇！怎么突然这么乖！

看到他的签名，我表示惊叹："你签名真好看。"

他签好最后一张，然后盖上了笔帽，淡淡一笑："淘宝十块钱三个买的签名设计。"

"哦……"

我一把拿走签名照，抱着盒子回了房间。恰好手机响了，我打开一看，显示我的宝贝被拍了，并且数量乘以 5 售出。

五张五千块啊！大赚特赚啊！

商演的地点是 H 市的"连屿"酒店，之前公司的酒会也是在这里办的。

这个酒店最有特色的就是毫不违和的中西混搭的装修以及餐品。之前的酒会是在该酒店的后花园办的，我都没有机会进去看看。

下车后，我看着门口的装修，总感觉有些熟悉。

跟着大家上了二十三楼的大厅，很明显这一层被包场了。我记得以前做过杂志上的炫富排行，在“连屿”包层一天大概消费几百万，炫富排行榜排名第三。当时本来想约“连屿”的创办人沈遇做专访的，但这人很低调，拒绝了我。

我心想，这里应该是公司年会或者是哪个土财主炫富用的吧。

等这一层的大门打开，里面的 Party 似乎已经开始了，大家都盛装出席。江泽野拉住我的手腕，我停下来看他：“怎么了？”

“领带歪了。”他指了指我的脖子处。

“哦。”今天我穿得很正式，是一件高定的蓝色西装。我低着头扯了扯领带，但视线并不能很好的调整。

江泽野往我这边迈近一步，伸手帮我调整了一下领带。他的手无意间擦过我的下巴，像是有电流一样，让人微微发麻。

我的脚不安分地往后挪了挪，但动静很小，不易被察觉。

就在这个时候，我感觉一股力向我袭来，紧接着我的腰被人抱住了。

我被偷袭了！

我目瞪口呆地抓住环在我腰间的手，拉着一转，只见穿着红色晚礼服的沈妈妈对着我笑，紧接着沈爸爸也出现了，穿着一身西装，笑得和蔼可亲。

我明显是在状况外的，弱弱地问：“你们是受邀来这里的吗？”

“这……”沈妈妈拍了拍我的手，笑嘻嘻地解释，刚蹦出一个字，就被沈爸爸打断了。

“这是你老爸开的生日 Party！”她言语之中尽是嘚瑟，“儿子，你爸是不是也挺洋气的，哈哈哈。”

我冲他们傻笑，沈爸爸插到我和沈妈妈之间，拉着我的手臂：“走，儿子，我带你认识下我的朋友。”

我感觉孤立无援，只好朝江泽野投去一个求救的眼神。

幸运的是，江泽野读懂了，缓缓地跟了上来，并且站在了我的身边。

今天沈爸爸明显很开心，拉着我到处介绍：“这是我儿子，大明星，帅吧。”

围观群众纷纷附和：“帅帅帅。”

沈爸爸满足了。

等差不多结束应酬，要准备上台表演的时候，我看到舞台边有个立牌，上面写着：沈氏集团总裁沈遇五十岁生日 Party。

嗯……

“这个沈遇是？”我站在那里打量，嘟囔出声。

“沈春连的爸爸。”江泽野淡淡回复，视线却放在我的身上，像是在观察着我的反应。

我震惊了！

谁能告诉我，大名鼎鼎的沈遇竟然是沈春连的爸爸！沈春连是货真价实的富二代？这也藏得太深了吧！

等等，难怪这个酒店叫“连屿”，解释下来不就是“沈春连的小岛屿”吗？这么想来，他爸妈也太宠他了吧？

而且，我又发现了个不得了的事，如果沈春连是富二代，那身为他表哥的江泽野岂不是……

哇哦，娱乐圈简直处处是惊喜啊。

我僵硬地转动脖子，将目光投向了江泽野，在即将和他那张不近人情的冰块脸对视上的时候，我迅速收回。

真是要死了!

正常演出时，我都感觉后面无数把刺刀在对着自己，但表面还是极其配合地演好这出戏。

沈妈妈和沈爸爸不知道从哪里找来了荧光棒，给了在场所有人人手一根，然后带头挥起来，一开始我还觉得有些尴尬，但到了后面我发现不管我跳成啥样，他们鼓励得都很尽情，于是我就干脆玩开了。

我拿着话筒从队形最后面走到最前面，蹲下，跟着音乐节奏唱："我说 YUM 你说哟。YUM！"

"哟!"

"我说小爷，你说帅。小爷!"

"帅!"

你看，多么配合的观众。

安铬悄悄挪到沐凌身边："小五玩嗨了，是玩嗨了吧？"

沐凌拽着安铬往陈子轩的方向拉："我感觉我们没事可以下台了，小五一个人可以。"

只有江泽野站在那里，望着玩嗨的我若有所思，并且眼神还很危险。

由于时间太过紧密，不太好岔开，于是我和闲置平台上的妹子约定在离酒店不远处的小公园见面。

此时，我在台上和这群热情的朋友玩得过于嗨了，停下来的时候还抑制不住地大喘气，于是我做了个"停下"的手势，然后下台往休息室去了。

我伸出手看了眼手表，心里一惊，完了。

之前在闲置平台上与妹子约好了今晚交易的，开始想的是就是个商演肯定很快能离开，但没想到是沈爸爸的生日，一时玩得太开心就忘了时间。

我跟着江泽野刚到后台的化妆间，便拿起架子上的帽子和墨镜往外冲，还没走两步，感觉自己的衣服被拉住了。

我回头，是江泽野。

江泽野说："我有事跟你说。"

"我有急事！"我挣扎着，敷衍地回。

其实江泽野能主动和我说话我还蛮开心的，但是，想起他早前对我爱搭不理的态度，以及我即将凉凉的人民币，我还是狠下了心。

在他还没说完的时候，我便转了个圈从他手里挣扎了出来，随后没有丝毫犹豫地往外冲。

等到了外面，我才意识到有些不对，外面的人为什么有点多。

我迅速躲到一个角落，把帽子和墨镜戴上，裹紧自己的衣服，从侧门溜了出去。

等快到公园的那个约定位置时，我拿出手机给那个买家发消息。

神秘卖家："妹子，我到了，你在哪儿？"

对方很快回复："我在旁边看钓鱼！马上到！"

于是等我赶到的时候，我看到一个穿着紫色长裙，一手拿着气球，一手拿着棉花糖的女孩子向我跑过来。等她在我面前立定，她好像认出了我，目瞪口呆，结结巴巴地说："你……你……"

世界上为什么会有这么离谱的巧合，我只是想卖个签名照挣点小钱而已，怎么这都能碰见熟人啊！

我露出无奈的微笑，摘下墨镜。

“好巧，苏乐。”

我和苏乐并肩坐在公园长椅上，我拿出那些签名照给苏乐。

苏乐抱着那几张照片双眼放光，然后不怀好意地看着我：“沈春连……你是不是要退团了呀？”

“？”

“不然，你怎么会自己卖自己的签名照呢，你生活得一定很苦吧。”

我无话可说，但又不想太过占下风，回道：“那你这个黑粉做得也很辛苦吧，还买正主的签名照。”

苏乐眯着眼乐了：“我这不是发现，微博拍卖能挣更多嘛。”

“哈？”

一阵风吹过，卷下了几片枯黄的叶子掉在了我和她的座位之间。

我想我该回去了，溜出来的时间不宜过长。而且按江泽野说的，他好像有事要跟我说。于是我掏出手机，打开微信收款码朝向苏乐，说：“线上支付吧，五张五千。”

苏乐眨巴眨巴眼睛，冲我撒娇：“能不能便宜点？”

“拜托！我卖的签名照，全网最低价好不好！还保真！”

就在她和我讨价还价的时候，我感觉我的面前出现了一个人影，抬头一看，就算那个人戴着墨镜我也能认出他——

江泽野。

我被逮到了吗？这是我的第一反应。

我迅速站起来，想要欲盖弥彰地解释：“事情不是你看到的这样……”

还没说完，我顿了顿，感觉这个开头有点耳熟。再想接下去编的时候，我失去了最佳机会。

旁边的苏乐也认出了江泽野，整个人激动得不行，惊呼：“天啊，江泽野，你也是来卖签名照的吗？”

“……”

苏乐你的脑回路是直线的吗？

江泽野没理苏乐，反而视线一直在我身上，接着他还将注意力放在了我的手机上。

于是，他的手朝我指了指，示意我把手机送上。

我不知道他葫芦里卖的是什么药，怯生生地将手机递过去。当他在手机屏幕上点来点去的时候，我意识到大事不妙！

因为我有两个微信号，一个是沈春连的，一个是我开的小号。

为了不让钱落在沈春连的账户里，我刚刚登录的，是我的小号！

我冲上去抢手机，江泽野身手敏捷，躲来躲去，最后他将手机页面竖在我面前，冷冷地说：“解释吧。”

页面上是我小号的个人信息。

我暴露了！

我决定和江泽野好好聊聊，手狠狠地抓住他的手臂，眼神极其坚定地拉着他走。他制止了我，挣脱开我的手往苏乐的方向走去。

苏乐大概是在旁边吃瓜吃得很开心，一点都没觉得不对。等到江泽野出现在她面前，她才表现出一丝慌乱。

只见江泽野冷冰冰地指了指她的手机，说了两句话：

“记得付钱。

“刚刚拍的，给我全删。”

我和江泽野面对面坐在“连屿”酒店一楼的咖啡厅里，我俩各自点了一杯咖啡，似乎做好了深度聊天的准备。

“其实吧，这件事说来话长……”我主动开口。

江泽野抿了口咖啡，竖着耳朵听。

我看见他这副样子，有丝紧张，不知道该说什么好，再加上我觉得江泽野一定是知道了些什么，于是破罐子破摔：“算了，你问我答吧。”

江泽野点了点头，放下咖啡杯，问：“你为什么倒卖签名照？”

“就是为了挣点钱。”

“你缺钱？”

“也不是……”

“那是？”

“我其实不……”

“我希望你能对我说实话。”

大哥！谁不想说实话了！我这不正想说吗！你这不是一直在打断我吗？

我看了看周围，咖啡厅里人不多，但我们周围还是有几对小情侣卿卿我我的。为了不犯类似于之前没脑子的错，我站起来，坐到了江泽野的身边。

“我只是想挣点钱。自从我当上了沈春连，我感觉自己一直在荒废时间，想到以后，万一我回去，工作被沈春连搅黄了怎么办，要是没有点积蓄，我睡大街了怎么办……这些都是你不会考虑的问题，但是我会。”

我一鼓作气地说完，歪着头瞪着他。

此刻的他倒是温柔了许多，眼里的寒冰融化了许多，他朝我移了移，轻声问：“所以，你是谁？”

气息扑到我的脸颊上，我有那么几秒钟的失神，但很快意识到——

天啊，敢情你还不知道啊！

在接下来的时间里，我向江泽野讲述了这个离奇事件的起因和经过。在这期间，我总算是看到了江泽野脸上不一样的色彩，他似乎有点难以置信，但很快又平复下来。

我深吸一口气，准备好了一肚子话给他解释，却没想到他脸上平静如初，像和平时说话一样总结道：“所以，你是陆耳耳，‘陆耳耳’是沈春连。”

我欣慰地点了点头。

江泽野放松地靠在了沙发上，他端起咖啡准备喝，发现已经空了，于是他拿起菜单，准备重新点一杯。

菜单竖在他的面前，挡住了他的脸，他嘴角那一抹淡淡的微笑也转瞬即逝。

他其实早就知道了。

看着他一系列的动作，我有些惊讶，他的反应好淡定啊。我扯了扯他的袖子：“你相信了？”

江泽野盯了我两秒：“为什么不信？”

“你不觉得这件事很离奇吗？灵魂穿越哎，感觉像科幻电影一样。”

江泽野摸了摸下巴，淡淡地笑了：“或许这样的事情才能解释你的一系列反常吧。”

“跳舞突然变差，不会游泳而溺水，不认识自己的家，不认识自己的爸爸妈妈，甚至……”他一一列举后转头看我，带着笑意，“反正有些举动是小五不会做的，所以我为什么不相信？”

我激动且欣慰地用双手撑住他的肩膀：“理解万岁啊！”

兴许是力气有点大，他挣脱我，将那杯新上的咖啡一饮而尽，然后站起来准备走，不过他的脸色很难看。

我觉得可能是喝太快，被苦的。

“上去吧，你爸……哦，不对，叔叔阿姨还在等我们。”江泽野对我说。

“好！”

我跟着他站起来时，他突然轻声说了一句话——

“还好你不是他。”

“你说什么？”咖啡厅里突然出现噪音，我没听清楚。

“我说，走吧。”

“好！”

江泽野的内心活动

前段日子，我一直陷入一个问题无法自拔。

那就是——我好像对自己的表弟有了特殊的感情？这实在太变态了，我只能用逃避来解决问题。

可是，说不上哪里不对劲，但我总觉得小五所有的表现都像是另外一个人。准确来说，我觉得他的一些说话方式和行为动作，有点像之前有过一点接触的女记者陆耳耳。

比如话很多，聊天的时候几乎都在套你的话，但你不会不舒服。

比如总是对人笑，也很会道歉，当然也很会怼人。

比如走路的姿势。

……

那个女记者好像和小五也有关系，所以我自然觉得是他们太过亲密而互相影响了。

但我好希望他真的不是小五，而是另外的人。

而今天，“小五”告诉我，她是陆耳耳，不是沈春连！

等等，让我好好缓缓，这件事真的……太让人惊喜了！我需要多喝点咖啡压一压，才不会把这份喜悦表现出来。

不过，灵魂穿越这也太玄幻了吧……但比起对方真的是小五，那还是灵魂穿越吧，感谢灵魂穿越把陆耳耳送到我身边。

呼，我松了口气，真好。

第十三话 ×

我拍的照片，怎么会被别人拿出去爆料了？

我是陆耳耳，前阵子不小心和沈春连互换了灵魂。

前几天由于实在藏不住了，索性和某位朋友老实招了，原以为会迎来血雨腥风，可没想到现在……

我缓缓将视线移到江泽野身上，发现他在偷看我，而且在察觉到我看他的时候，他迅速挪开了视线。

“……”

躲也没用啊！我已经抓住你好多好多次了！

我叹了口气，端起咖啡喝了两口，察觉到不对劲，皱了皱眉，于是下一秒江泽野不动声色地将糖和奶移到了我面前，整个动作十分自然。

真是一点都不奇怪。

我不知道他到底想干什么，难道是想办法整我？

我警惕地望了他一眼，然后小心翼翼地将糖和奶加进咖啡里，端起来再尝一口，嗯，这才对了，还是甜甜的咖啡好喝。

何云还在跟我们交流之后的工作计划，最近的演出机会很少，几乎都是综艺广告之类的。

“现在比较想让你们分成两个小分队，沈春连和陈子轩搭吧，有个户外的综艺，美食类的，你们一动一静也比较好配合，怎么样？”

我没什么问题，点了点头。在我心里，只要不跳舞那就是谢天谢地。

陈子轩也没什么意见。

就在何云准备拍板的时候，江泽野拦住了她：“那个……”

所有人的注意力都放在了他身上。

江泽野不自然地咳了咳，歪着头不看我，故作淡然地说：“这个综艺我蛮感兴趣的。”

言外之意很明显，何云自然能领悟。

何云有些看戏的心态，笑着说：“哟，你以前对这些不是不太感兴趣吗？”

“咳，最近对做饭比较感兴趣。”

安铬单纯地相信了，并且很是惊讶：“老大，你厨艺应该算大师级别的了，还学啊？让不让我们普通人活了？”

江泽野嘴角一勾，朝安铬射出一个眼刀。

“那……”何云看了陈子轩一眼，明显有些尴尬，“要不大家投票吧，毕竟那边节目组只要两个人。”

看起来是个比较好的方法……

这是什么鬼方法？

沐凌和安铬像是串通好的一样，分别投给了江泽野和陈子轩，将这个难题直接抛向了我。

江泽野和陈子轩的目光同时投在我的身上。

一个是老大，一个是室友，这简直让我压力山大，不过感觉陈子轩好像更想去的样子？

我眯着眼笑了笑，下定决心：“那个，要不陈……”

就在这个时候，江泽野来到了我身边，附在我的耳边说了两个字：“秘密。”

我感觉有一股电流通向了我全身，太卑鄙了！竟然威胁我！

我才不是那么没有志气的人呢！

“谁？陈子轩吗？”何云问我。

我摇了摇头，斩钉截铁道：“老大挺好的，我觉得不错。”

于是，这个综艺的人选就定了下来。

我瞪了江泽野一眼，余光瞥到了坐在角落的陈子轩，看起来脸色不太好看。

要不等会儿安慰他一下吧。

这个综艺名字叫《你好大自然》，是一档户外美食节目，主要形式还是通过美食来讲述温情的故事。大概是因为世人很浮躁，这档节目出乎意料地受欢迎。

这样一期节目要在外面录制三天左右，所以几乎是立刻就得去准备行李，于是我和江泽野决定分头去收拾行李。

回房间的时候，我本来想安慰一下陈子轩的，却没想到陈子轩一看到我进来就准备出去。

我喊住他：“你没事吧？”

陈子轩愣了一会儿，转头对我一笑：“没事，我去练舞了。”说完，他就离开了，根本没有给我安慰的机会。

我摇了摇头，只好作罢，专心收拾自己的东西。

节目是在A市录制，第二天开录，当晚我和江泽野就得飞过去。

我收拾好东西后就坐在客厅等江泽野，等了许久一直没等到他出现，有些微怒，干脆去了他的房间。

敲门敲了三下，里面没动静。于是我伸手一推，发现门竟然没有锁。

“这可不是我故意的哦。”我伸出双手假装无辜，然后大步走了进去。

江泽野的手机放在桌子上还亮着，应该是刚出去不久。

我扫视了一圈他的房间，装修比较简单。大概是有点无聊，我的注意力又停在了他的手机上，有些好奇他在看什么。

带着这份好奇我拿起他的手机，手机没有密码，并且页面还是停在百度搜索引擎上。

我浏览了一遍他搜索的页面，然后吓了一大跳。

他竟然在看灵魂穿越的小说，还是某小说网站排名很高的那种！

他是要干吗？想帮我吗？可是……我又看了看这本书的内容，欲哭无泪。

这本书的女主是通过一场车祸换回去的，我看江泽野在这块内容标注了横线，有些后怕。难道他想撞死我吗？万一没换回去，我死了怎么办？

太危险了，太危险了！

我将他的手机放回去，条件反射性地退了好几步。

江泽野不知道什么时候回来的，站在我身后突然吓我一跳。我抖了抖，双眼瞪得大大的，在转身的时候一个没站稳抓住了他的衣服。

离我们最近的是床。

我和他倒下去的方向也是床，床上铺的是席梦思，摔下去应该不会痛吧？

可是为什么这个时候我会想起那天在草坪上，触及脸颊柔软的触感呢。糟糕，我到底是在期待什么。

事情总是有那么多意外，我忽视了那张放在床上的小桌子。

在倒下去的一刻，由于我们的“体积”太过庞大，所以我的头就直接朝小桌子那儿栽了下去，脖子刚好卡在桌子和床的那一块。

尽管江泽野后知后觉地往我的脖子处伸出了手，也晚了一步。

房间里响起了我悲痛的尖叫，仿佛大地都抖了三抖。

我非常“荣幸”地，扭到脖子了。

我太倒霉了！

做过简单检查后，我和江泽野上了飞机。由于之前的尴尬场面，再加上江泽野可能很愧疚，我和他即使坐得很近，但也很沉默。

过了一会儿，江泽野向空姐要来一杯水，然后递给了我，小心翼翼地开口：“你没事吧？”

我靠在椅背上，脖子上套着一个护颈，表情极其沉重，轻瞥了他一眼：“你觉得呢？”

“早知道我就不吓你了。”他的态度十分诚恳，我差点就要原谅他了，偏偏他紧接着说了下一句，“没想到你这么不经吓。”

哇哦！还怪上我了哦！

我歪过头，丢下“幼稚”两个字便不理他。

江泽野尴尬地挠了挠头，大概是不知道怎么缓解这份尴尬，于是坐回自己的位置上玩手机。

我余光瞥了他一眼，见他看得很认真，脑海里浮现了那本小说，又是后背一凉。然后我又揉了揉自己的脖子，警惕地盯着他。

嗯，是个危险人物，还是保持距离吧。

《你好大自然》这期的主题是“温情下的野餐”，节目是全天录制，由于我的脖子扭了，大家都挺照顾我，尽量避免我做高难度动作。尤其是江泽野，对我感觉像对儿子……我除了跟着他走，围观他的表现，其他的啥都不能做。

刚好有项筹备工作是去集市上买适合野餐的东西，预算给了五十块钱。我想这也不算是什么很难的事，于是主动请缨。

然后我拿着常驻嘉宾池舟老师给的单子，兴致勃勃地往集市上奔。

节目在一个比较偏远的小镇录制，恰好我去的时候赶上了他们当地的庆祝日，街道中央有很多人载歌载舞，极其热闹。

我拿着单子一样一样买食材，走到一半的时候，我突然感觉被谁一推，手上的字条便不小心抛了出去。等我站稳，便看见字条已经掉在街道中央跳舞的那拨人里。

我手忙脚乱地往那边跑，在快捡到字条的时候，莫名地，人多了起来，拥在了我的周围。

“小连，当心！”摄像老师冲我喊了一声，而后便被人群挤在了最外围。

我踉踉跄跄地把字条捡起来，周围的人还在开心地跳舞，我只能被他们推搡着往前走，完全没法后退。

我想自己是完了，录个节目还能跟随行摄影走丢的，怕是只有我一人了吧。

想到这些，我也不挣扎了，就垂着头被人群带着走。突然，一只手抓住了我的右手，我心一惊，竟然还有趁乱吃豆腐的？

我拼命往回拽我的手，奈何对方的力气实在是太大了，我不仅没拉回来，反而整个人往他的方向倒过去。

等我抬头，便对上了那双熟悉的眼。

“江泽野，你怎么在这里？”我一时惊讶。

江泽野脸色有点臭，没好气地回我：“就这么一会儿你都能把自己弄丢了？”

我不禁有些羞愧，不过这真的只是意外。

江泽野没给我机会解释，用他的蛮荒之力将我带出了人群。

刚走出人群就碰到了我的随行摄影小胖，小胖气喘吁吁地抱着摄像机：“谢谢江老师啊，要是等会儿小连的素材少了可真是麻烦了。”

江泽野笑了笑，恢复谦逊有礼的样子：“没事。”

我趁着江泽野“做作”的时候，移到小胖身边，小声嘟囔：“你谢他干吗？”

小胖说：“小祖宗，你可给我老实一点吧，我们的距离不要隔太远了好吗？”

后来，我从小胖嘴里得知，江泽野完成另一个任务后就赶过来找我，得知我被人群冲走，二话不说就去找我，气都不带喘的。

小胖说：“果然你们团感情深厚。”

我点头，朝他露出一个宠辱不惊的微笑。

接下来的流程，江泽野都跟着我，但很识相地和我保持了一定的距离，让我有独自发挥的空间。

我按着单子上的东西一样样买好，还剩最后一样东西的时候，我发现预算不够了，还差三块钱。

卖东西的阿姨特别坚持，就算我们在录节目也丝毫不退步，于是我只好求助跟在我身边的摄像小胖和导演姐姐。

小胖摇头："你看我像有钱吗？"

导演姐姐："借你钱就违规了，自己想办法哦。"

我："……"算你们狠。

然后，我厚着脸皮开始求助路人。开始的时候我一直在给自己洗脑：反正不是我的身体，反正是沈春连丢人……

但我的美貌并没有骗到人，这个小镇里的人好像压根都不认识沈春连这号人。

我挫败了。

旁边的江泽野发现了我的失利，慢悠悠地凑上前，走到我面前，扒拉了一下我的头发。

"你怎么不问问我？"说完，他还很无辜地眨了下眼睛。

我以其人之道还治其人之身，回道："那你有三块钱吗？"

"没有。"

"……"那你叫我问是想刷存在感吗？

我朝他翻了个白眼，准备转身就走，没想到他紧接着说："不过，我可以帮你去借。"

"哈？"我有点不太相信的样子。

靠脸吃饭刚刚我已经试过了，就他能行？

江泽野一步步朝一个阿姨走过去，那阿姨见了他，笑得花枝招展。

我凑到他身边，小声嘱咐："借三块钱就可以了。"

"不然你还想让我借一百？"

"……"你就当我没说过这话吧。

买完东西后的环节，我一直像是一个花瓶一样，端庄优雅地坐在那里陪吃陪喝陪笑，但凡我站起来想帮忙做饭，江泽野都会微笑着把我怼回去。

偏偏他情商高，不知道对节目组说了些什么，大家每次看我都是一张宠溺的笑脸，江泽野对我做什么他们都视而不见，并且没有任何意见。

没办法，我只好安静乖巧地做一个美丽的花瓶。

但我还是隐隐有一种不祥的预感，比如，节目播出后我会被骂耍大牌了，然后被那些黑粉批指使他们心心念念的江泽野干活。

如果真是这样，那我觉得江泽野可真是太坏了！

等到节目录制第二天下班回酒店的时候，远远地，我们就看到酒店门口围满了人。我一边下保姆车，一边对我后面的江泽野说："不知道这里会有什么新闻。"

"你好奇了？"江泽野站在我身边，指了指那边，"去看个热闹？"

说实在的，江泽野的确不是一个爱看热闹的人，于是我很自然地联想到了是因为我。按这种方向想的话，江泽野在知道我是陆耳耳后，态度的确和以前不太一样，至少对我的态度温柔了许多。我想，这大概是绅士风度吧，简直甩沈春连十八条街。

在我略微走神的时候，江泽野已经走在了前面，我立马跟上去，兴奋得合不拢嘴。

只是这个时候我压根就没想到，有时候吃瓜还真的能吃到自己头上——房子塌了，也有可能是自己的。

我和江泽野过去的时候只戴了一顶鸭舌帽，穿的是节目组发的运动服，整体比较低调，唯一高调的可能是运动服后面印的节目LOGO。

因为是正常休息时间，我和江泽野也就没有顾及那么多，哪想到我们刚靠近，一个记者在那大喊：“人在那里！”

我往前的脚步挪不动了。

完了完了，吃瓜吃到自己身上了？我又有黑料了？我又要被堵了？

江泽野估计和我一样的反应，脱下自己的外套遮住我的脸将我护在身后，颇有一种壮士赴死的感觉。

我被感动了。

就那么几秒，我和江泽野就被堵得水泄不通。我缩在江泽野身后，动都不敢动。

然而事情总是出乎意料，我能感觉闪光灯在我们面前闪，也能感觉每个人的话筒都在往我们的方向凑，但……

我缓缓睁开眼，发现大家采访的对象好像不是我，而是江泽野。

我惊呆了，这是什么情况？

江泽野可能也没想到这一处，明显有些不知道怎么应对。

“江泽野，请问你是被包养了吗？”

“据说你的金主是 H 市知名阔太太，你和她什么时候在一起的可以透露一下吗？”

“你是因为黑幕才会进入 YUM 男团当队长的吗？”

……

每个记者问的问题都很直白，并且都在往江泽野身上泼脏水。我气急，一边扒拉开已经顶到他脸上的话筒，一边将他衣服塞给他。

“你们有证据吗，就这么说？如果没有证据的话，我们有权起诉你们。”我站在江泽野面前，手放在身后紧紧地抓住了他的手腕，打消了他说话的举动。

现在这种场合，说话就是中了这些记者的圈套。因为不管你说的话有多官方，他们都能给你写成黑的。

于是乎我们两个在人群里紧紧抓着手，即使此刻我们被围得水泄不通，寸步难行。

“那边干吗呢？”一个严肃的声音朝我们这边吼，接着一群穿着制服的人迅速往我们的方向赶来。

大概是因为酒店门口的堵塞太过异常，于是成功引来了保安的注意，几个保安从人群外挤到了我们身边，拼成了一堵人墙往酒店入口移。

我本来是护在江泽野身前的，但不知怎的，江泽野一拉，我便被他拉到怀里，他一手护着我，一手带着我往外走。

我能感觉到他的手在颤，却依旧很紧地抓着我。

何云赶来的时候，感觉她的黑眼圈更重了，看起来很疲惫。

“这次料爆得太突然，根本来不及做应对。”何云揉了揉头，坐在沙发上，“一些营销号我们已经联系了，在往好的方向带，但这次照片的确传得有点广……”

我翻着手机，也忍不住皱眉。

这几张江泽野被爆包养的照片，我有点眼熟……准确来说，有两张根本就是我拍的，还有一张是那个匿名账户私信给我的。

匿名账户那张照片被爆出去，还可以解释。可我拍的那两张，是怎么传出去的呢？

我望了望面前的两个人，有些犹豫要不要对他们坦白其中一张照片是我拍的，但我又担心……万一他们觉得爆料者是我怎么办？毕竟嫌疑人除了我就没别人了。

“泽野，你是不是得罪人了？”何云问江泽野。

江泽野手撑着头，做思考状，回道：“我好像得罪的人还不少。”

何云沉默，最后做出总结：“那的确是。”

这时，何云的手机响了。

接通电话后，她的脸色越来越差，但回复的语气依旧温柔。

挂了电话，她又拨通了一个人的电话，言简意赅：“过来救场吧。”

说完，她的目光又停在了江泽野身上，酝酿了一会儿：“这个综艺你暂时不用录了，我找陈子轩过来救场了。”

这种状况，江泽野看起来并不惊讶，点了点头。

我坐在沙发上，看着他俩一问一答，斟酌再三，开口道：“何姐，爆料者现在查出来了吗？”

何云摇头：“说来也很奇怪，一般手握重料不应该先找工作室敲诈一笔吗，这次竟然直接爆了。”

“我觉得这个黑料没什么难处理的，因为这个女人是我……”我刚想说是“我妈”，结果话没说完，江泽野突然蹦了过来，捂住了我的嘴。

我不解。

何云有点好奇：“你认识这个人？”

江泽野抓住我，摇了摇头，并且露出了商业微笑。

何云没说什么，碰巧电话又进来了。看她的表情应该是广告商打来的，于是她深深地吐了口气，抓着手机出去了。

这时，房间只剩我和江泽野两个人。

我挣开他，往后弹开一段距离，满脸警惕：“你为什么不让我说，这个女人不就是沈春连他妈吗？换个说法，她还是你小姨呢。”

“沈春连不想让外界知道他的家庭。”

“喂，现在都什么时候了，我去跟他说。”说着，我便拿出手机给沈春连打电话。

江泽野也没有拦我，可是电话响了老半天都没有人接。

“这个沈春连，手机是当摆设用的吗？”

“没关系的，网友都是鱼的记忆，反正这也不是真的，无所谓。”

“可是这个谣言太难听了！”

江泽野冲我笑了笑，身子朝我倾了倾：“你担心我？”

“担心你个大头鬼啊。”说完，我站起来往房间外走，顺便还很强势地把门狠狠摔上。

江泽野第二天就和何云回了H市，连和我告别的时间都没有。而接替江泽野工作的陈子轩也连夜赶到了这边。

节目录制前，陈子轩见到我很是开心，但语气也很担心：“老大那个新闻到底是怎么回事啊？”

我耸耸肩，表示不知道。

陈子轩又说：“我看是MQ杂志社爆的料。我还以为我们和那家杂志社关系还不错呢。”

MQ杂志社，怎么会是我在的杂志社呢？

这到底是怎么回事？

尽管心里有很多疑问，但表面我还是要恢复之前的状态。

我转头拍了下陈子轩的肩，以为他是担心江泽野，于是安抚道：“放心，我觉得这件事对我们不会有什么影响，这都是谣言。”

陈子轩点头，朝我笑了笑：“你说得对，先把这次工作完成吧。”

我点头，然后跟着他去跟导演进行了一些交流。

由于这次江泽野的绯闻，节目组有意向想把江泽野的镜头剪掉，重新补上陈子轩的，于是最后一天，主要的镜头部分几乎都是陈子轩，而我作为当陈子轩的搭档，时不时得配合一下。

幸运的是，最后一天的录制很成功。在等保姆车接我回酒店的时候，我再次拨通了沈春连的电话，依旧没人接，不知道他在干什么。

原本还想跟他商量一下发声明的事的。

陈子轩换了一件衣服走了过来：“小五，我改签了我们的机票，今晚我们就回去吧？”

我愣了一会儿，随即点头。

没想到陈子轩比我还着急，这应该就是他们组合所谓的团魂吧？

江泽野的内心活动

小五……哦不，陆耳耳说要公开小姨身份的时候，我第一反应是拒绝。

我想，换作是小五自己提出，我都会拒绝吧。毕竟，身正不怕影子斜，我的确也不太在意这些绯闻。

而且，要是因为这些打扰到小姨的生活就不好了，我也怕老妈从国外飞过来教训我……

嗯，还是不用了。

说真的，自出道到现在，我就这么一个绯闻，平时帮助队友处理黑料很是得心应手，轮到自己，因为之前面对得多了，也就还好。

不过还是会有一些困惑，比如这些照片是谁拍的呢？目的是什么呢？

看那两张照片的背景应该是集训期间，而回想起那几天，好像有一晚，沐凌、安铬和小……陆耳耳都彻夜未归，难道是陆耳耳？

事件的第一爆料媒体是 MQ 杂志社，作为 MQ 的记者，她的确有动机去挖掘新闻……

可是，我内心又很不想怀疑她。

想到这里……该死，好不容易能合体上个综艺，我竟然被换下来了，再晚一天爆料就好了，节目组想停我的工也来不及了。

比被泼脏水还让人烦心。

陆耳耳应该能好好照顾自己的脖子吧？要是再扭了，她那个僵硬得不行的脖子还能要吗？

唉，有点想她了。

我果然是动心了吧？

第十四话 × 「辣手泽连」是什么鬼CP名，听起来好暴力

尽管江泽野提前回了H市，奇怪的是，他依旧没有开始行动解决这件事。

因为等我回去的时候，江泽野的负面新闻已经越来越多了，很多匿名人士都趁着这次机会落井下石。这也应了江泽野之前说的“得罪的人不少”。

我盘腿坐在训练室的一边刷手机，看到营销号蹦出的一条又一条八卦。

八哥八卦：据某圈内人爆料，江泽野表面的礼貌谦虚都是装的，本人极其爱耍大牌，一些场合经常迟到，要整个组等他。

无语，迟到？虽然我认识江泽野的时间不算很长，但每次活动他都是提前到的。

大牌？我要大牌还差不多。

名人黑幕墙：江泽野全身都是奢侈品名牌估计就是富婆买的吧？据说富婆是沈氏集团总裁夫人，竟然当总裁夫人的小白脸，怪不得星路这么顺，盘点一下江泽野的稀有奢侈品。[图片]

江泽野本人的确就是富二代呢。

娱乐没有圈：知情人爆料，江泽野对队友极差，经常以队长身份抢队友外务，你们可以看一下他和队友的外务对比。以及之前沈春连的黑料也是他弄出来的，目的是踩队友上位吧，有富婆撑腰果然了不起。

好生气哦，有些人编起黑料来怎么都这么自然哦。

我缓了口气，开始各种举报，我一定要净化江泽野的首页广场！

然而聪明反被聪明误，因为忘记切号，加举报过多，我一时手滑点赞了一条黑江泽野的微博。尽管我及时发现并且删除，但还是被有心者截图并发了微博。

路人 A：快看，沈春连点赞了江泽野被包养的微博，看来队友看不下去要手撕了！

于是这条微博被迅速转发，# 沈春连手撕江泽野 # 也很快上了热搜，并且加速了江泽野负面新闻的讨论。

目睹全程的我，真的是气得手抖了！

何云的电话第一时间打来，我一接通就能听出她的怒火：“沈春连，你疯啦？”

我抿了抿唇，咽了咽口水：“我真的是手抖了。”

“你这手抖得也太巧了吧，现在立刻退出微博，然后来公司挨骂！”

“……”

“听见没有？”

“听……”我刚想答应，微博上突然蹦出几条评论。

小莲花A：难怪我们家春连老是被黑，估计就是江泽野搞出来的吧。

小莲花B：连连不委屈，我们给你撑腰！

小莲花C：有什么委屈尽管说！这次让我们为你撑起整片天。

……

你们越来越离谱了啊！

我揉了揉头，接着对何云说：“何姐，我要自己处理，不然来不及了！”

然后，我没等何云说话就挂了电话。

沈春连和江泽野的关系这么好，我怎么能让沈春连的粉丝也这么误会他呢！反正也联系不上沈春连，反正我现在是沈春连，那我就先斩后奏吧！

于是当天晚上，我下定决心连续发了两条微博。

沈春连V：刚刚举报太多，手滑点赞了。

沈春连V：和江泽野在一起的富婆是我妈，江泽野是我表哥。

然后，这两条微博发完没多久，微博崩了……

我觉得自己很惨。

不就发了两条具有正义感的微博嘛，我怎么心理负担那么重呢。

此时，我低着头坐在沈春连和江泽野的面前，心虚得不敢抬头和他们对视。

沈春连自认是这次事件的最大受害者，吊儿郎当地坐在对面，手里还拿着杯果汁当作是酒装样子。

"所以，现在公开我妈的身份都不需要问我意见了？"

我悄悄地白了他一眼，还不是打不通他的电话。

"你还朝我翻白眼。"说着，沈春连装模作样就要拍我，但手还没落下，就被江泽野抓住。

"好好说话，谁叫你动手的？"

我抬头看着江泽野，满脸难以置信。

当然，和我表情如出一辙的，还有被抓手腕的沈春连。

"老……大，你为什么替她说话？"沈春连想抽出手，但江泽野的力气好像大了些，沈春连并没有成功，并且手腕还被捏出淡淡的红痕。

嗞……看起来就疼。

于是，我终于忍不住开口说话："江泽野，你轻点，这是我的身体……"

空气凝滞了几秒，江泽野迅速抽手，若无其事地喝了口咖啡，随口朝沈春连问道："疼吗？"

"啊？哦，不疼！"

"那就好，以后保护好自己。"

"？？？"

沈春连头上冒出了好多的问号，难道不是你先动的手吗？

不过沈春连胆子小，很憋屈，面对老大什么都不敢说。

他不敢说，可我敢呀。就冲着之前江泽野压制住沈春连的势头，我装作很严肃地问沈春连："我还没问你呢，这阵子你去哪儿了？手机当摆设吗？"

沈春连朝我尴尬地笑了笑，欲言又止。

江泽野坐他旁边，若有似无地推了推他的手肘，冷冷地威胁：

"说话。"

沈春连望了一眼江泽野，又望了一眼我："嗯……我这阵子被派去出差，跑别的新闻去了。"

"就这么简单？那你表哥的料谁爆的你不知道吗？"

"我真不知道……"沈春连支支吾吾。

我手撑着头，眯着眼。

江泽野像是领会到了什么，又推了推沈春连的手肘："老实点。"

沈春连叹了口气，有一种壮士赴死即视感。

"新闻是苏乐写的，但我敢保证，照片不是她拍的，据说是有人匿名寄给杂志社的，但是谁就不知道了。"

"真的吗？"

"嗯嗯嗯。"沈春连拼命点头。

点着点着，他似乎是想到了什么，不解地说："这次来不是我们来审问你吗？怎么又变成你来审问我了？"

我朝他微笑："因为你社会地位最低呀。"

"陆耳耳！"沈春连气得跳脚。

我立刻问江泽野："江泽野，你觉得我说得对不对！"

突然被 Cue 的江泽野乖巧地点头，并且朝我竖了个大拇指，赞同了我的说法。

果然，一物压一物，沈春连立刻就不敢说话了。

我嘚瑟地冲着沈春连做了个鬼脸。狗仗人势的感觉就是爽啊！

等等，谁是狗？！呸！

江泽野的负面新闻因为我的回应暂时告一段落了，但娱乐不死，大家的注意力开始转向沈春连的家庭背景，纷纷对沈春连的背景惊讶起来。

“沈春连竟然是沈氏集团总裁的独生子”的新闻也频频登上头条。当然你永远不知道，大家会冒出些什么新鲜玩意。

就比如——

我的手机屏幕显示的这个超话“辣手泽连”，我足足盯了好半晌，看着它的关注人数从一百变成了一千，很是不解。

首先是不解这个CP名，“辣手泽连”是什么鬼CP名，听起来好暴力，也不知道是哪位人才想的。

其次不解的是，现在竟然连这种CP大家都组啦？也太没节操了吧！

不过看这个发展速度，我觉得顶多也就是一个小组织，成不了什么大气候，于是干脆把它放在一边，随他们自娱自乐。

在我心里更重要的另有其事。

自从上次跟沈春连见了面，提到那封匿名信的时候，我总感觉有点不对劲，这件事让我翻来覆去了好几天，为了消除我心里的疑惑，我决定自己去看看，探个究竟。

丰和大厦门口，我计算了下时间等MQ杂志社的人都下班了，于是摸黑溜了进去。MQ杂志社的大门安的是密码锁，一般人不是很好解，但我不一样，毕竟是MQ杂志社的老员工了，我左右观察了下，输入了密码。幸运的是，密码没换，简直天助我也。

为了不引人注意，我没有开灯，拿着手机开了手电筒就往目标处苏乐的办公桌走。新闻是苏乐写的，那么匿名信在苏乐那里的可能性就大一点。

苏乐的办公桌很乱，几乎什么东西都堆在桌面上。

我小心翼翼地翻着，翻了好半天都没有发现信封一样的东西。

到底在哪儿呢？我有些着急了。

夜很静，加上没有人，一些细微的声音都被放大。在我焦急的时候，我听见了一阵脚步声，并且越来越清晰。

慌张的我立刻选择藏到最近的办公桌底下，大气都不敢喘。

这深更半夜，谁会来公司啊？

这时，杂志社的大门“嘀”的一声开了，而脚步声正在逐渐靠近我，紧接着，一双熟悉的 Nike 鞋映入眼帘。

好眼熟……如果我没有猜错的话，这个人应该是……

就当我即将得出结论的时候，一张脸突然出现在我的眼前，还朝我笑了笑。漆黑一片里，他拿着手机照明，光映在他脸上。

一时间我吓得差点当场昏厥，并且没忍住发出了尖叫，但是下一秒他便捂住了我的嘴，冲我小声地说：“嘘，你想被发现啊。”

我眼睛眨了眨，示意我了解了，他才慢慢松开了手。

“江泽野，大半夜你来这里干什么？”我捂住自己的心口，问他。

“你来干吗？”他反问。

“我当然是……不对，我不是在问你吗？”

江泽野淡淡地笑了笑：“你来干吗，我就来干吗。”

“那你是怎么知道我要来干吗的？”

“你猜？”江泽野淡淡一笑，之后像是不想让我陷入死循环的反问，他站起来，向我伸出手，“你不出来吗？不干正事？”

“哦，对！”我这才反应过来，我是来办正事的。

于是我伸手抓住他，从办公桌底下挪了出来，站起来的时候没站稳，另一只手撑在了他的身上。

等站稳后，我朝他说“谢谢”，视线挪到那只手上……摸的位置不太对啊。

顿时，我感觉那只手像是被火烧一样，条件反射性地缩回藏在身后，也不敢看他的表情。还好没开灯，黑漆漆的，他也注意不到我的异常。

我和江泽野兵分两路找信，在大厅搜索无果后，我的目光扫向主编办公室。

江泽野看着我的视线，了然，走过去推门，发现门锁了。

“看来我们进不去。”他转头对我说。

我有些小嘚瑟，走过去蹲下掀起地毯的一角，一把银色的钥匙安安静静地躺在那里。我拿起钥匙打开门，江泽野好奇地凑到我耳边：“厉害啊，陆耳耳。”

我将身体歪了歪，无视他在我耳畔说话时呼吸的温度，说：“我可是头牌记者。”

事实是，以前上班老加班，临时任务又重，再加上孟主编又是一个马大哈，锁了门经常忘记带钥匙，于是就有了这把备用钥匙的存在。

主编办公室的凌乱程度和苏乐的办公桌差不多。

以我对孟主编的了解，知道他一般会把重要的东西放在哪里，于是不一会儿，我便找到了那封信。

然而打开那封信后，我愣住了……

“江泽野。”

正在找东西的江泽野回头，走向我。

我把信给他：“你看这个字迹熟不熟悉？”

江泽野看了，也微微愣了一会儿。他看了看我，又低头看了看信，眼睛里满是难以置信。

没错，这个字迹竟然是沈春连的。

我立刻摆手："不是我哦！"摆完才想起来江泽野本来就知道我不是沈春连，这样反而有一种贼喊捉贼的即视感，于是我迅速噤声，装乖孩子。

一束光突然洒了进来，并且在黑夜中扫了一圈。

我心道不妙，立刻抓住江泽野的手腕带着他蹲了下来。果然外面的脚步声多了起来，紧接着是大门打开的声音。

"兵分两路！躲起来！"我冲着江泽野说完，便蹑手蹑脚地溜到办公桌底下去了。

过了几秒，江泽野也过来了，冲我说："过去点。"

"哥，你怕不是误会啥了吧，我们两个躲在这里不现实！"我用手抵着他，并且将他往外推。

江泽野不管不顾，抓住我的手，便往里挤，于是我俩以一种奇怪的姿势躲在了办公桌底下。因为不能被发现，我们两个还贴得特别近。

"把帽子戴上。"他轻声道，用眼神示意我。

我意会，迅速戴上。

"那封信拿上了吗？"

我朝他轻轻拍了拍衣兜。

他点头道："出去查清楚照片到底是谁拍的，我让他吃不了兜着走。"

"……"

怎么办，我感觉有雷往我身上劈。

办公室的门被缓缓推开，接着，手电筒的光扫了一圈，门又关上了。

我想了想，闭着眼一鼓作气："其实照片是我拍的……"

江泽野有点没想到："你拍的？你为什么拍这个？"

"我是陆耳耳又不是沈春连，误会不是很正常嘛。但是我保证，这次绝对不是我爆料的，我发誓！”

我旁边的江泽野不说话，我也不敢吭声。

过了半晌，江泽野才淡淡开口：“我信。”

仅仅是是两个字而已，却给了我很浓厚的安全感。明明我还骗过他，他却这么容易信任我吗？

我歪过头，看身后的他，不巧正撞上他的目光，我们的视线在空气中碰撞了几秒。

明明周围一片漆黑，我却偏偏能看见他眼里的光。

江泽野：“你听到有什么东西在响吗？”

嗯？难不成是听到了我的心跳？我摁住胸口，小声吐槽：“喂，你不要这么没志气好不好，淡定一点。”

江泽野笑出了声。

我又反应过来，自己的嘟囔声好像也被听见了。有地洞就好了，我好把现在这个尴尬的自己藏起来，以免丢人现眼。

江泽野：“我刚刚听到了老鼠钻洞的声音，估计这里有老鼠。”

？？？

“什么！我最怕老鼠了！”我吓得差点弹跳起来，忘记了现在还在桌底，头没稳住，磕出了很大的响声。

江泽野条件反射性地伸手摁住我的头。

刚想要说些什么，门又被打开，一个幸灾乐祸的声音在安静的办公室里响起：“我就说了吧，办公室里绝对有人。

“哎！桌底的人赶紧给我出来，我看到你们的脚了！

“还捉迷藏呢？再不出来我揪你出来可就不好了啊。”

“……”

所以说，躲在办公桌底下，怎么可能有人看不到！

我和江泽野乖巧地跟着两位保安大哥去保安室接受调查，多亏了江泽野机智，被发现后掏出了两个口罩，我们才没被人识破身份。

两位保安走在我们前面说话。

保安 A：“你有没有觉得这两人有点眼熟啊，尤其是那个高的。”

保安 B 回头看了一眼，继而说道：“也就个儿高长得帅一点吧，没啥特别的。”

保安 A 不服：“我觉得他们像大明星。”

保安 B 嗤笑：“大明星大半夜来当小偷啊？”

……

我在后面听得开心，保安大哥你眼光真好，我们还真是明星。

路过一个路口的时候，江泽野轻轻拍了拍我的肩，然后指了指楼梯。我立马领会他想干什么，于是点头。

等他用手指比了三个数时，我便一鼓作气地跟着他往那边跑。

保安大哥听到脚步声回头，开始追我们：“给我站住，这么不老实。”

跑着跑着，我有点喘，我摁着胸口走了两步，眼看保安就要追上来了，江泽野一手抓住我的手，拉着我跑。

他带着我跑让我的确轻松许多，但因为整个人像是被拖着的，又有种失重感。

“坚持住，我的车转角就到了。”

大概是因为拉着手腕需要的力气太多，江泽野调整了下姿势，手从我的手腕移到了我的手掌，紧紧抓住了我。

尽管我已经因为跑得太快而视线迷离，但当我看到我和江泽野的手的时候，还是有些不太自在。

十指紧握，有一种淡淡的温热袭来。

咳，我觉得这样不太行。

于是我调了调呼吸，目光直视前方，一边念叨着“我可以我可以我可以”，一边挣脱江泽野的手加速跑了过去。

江泽野站在原地皱眉，低低喊了声：“反了。”

“啊？”我强行刹住车，然后掉转方向，继续朝前跑，中间没做任何停留。

等离开江泽野后，我才有空闲摁住胸口，一时间有些分不太清到底是因为什么而心跳加速，是因为跑得太急，还是……因为他呢？

江泽野的内心活动

陆耳耳说照片是她拍的。我相信。

她说这件事不是她爆出去的。我也相信。

为什么会对她这么信任？其实我自己都不知道怎么解释这种感觉，心里总有一个声音在说：喂，你不相信她的话一定会后悔一辈子的哦！

为什么会后悔啊？

我有些疑问，可是没有人给我答案。

既然如此，为保险起见，还是相信比较好，毕竟相不相信也只是一个给自己的回答，怎么都不会吃亏。

这个夜晚说安静也很安静，因为我好像听见了她的心跳声。

扑通扑通的，在夜晚极其清楚，更何况我和她还离得那么近。

突然感觉这个世界很神奇，尽管他们是同样的脸，同样的身体，可那个人不一样了，所表现出来的一切都不一样了。

就算陆耳耳现在是沈春连的样子，我好像还是能看到她，小小的个子，一颦一笑都有着她的独特。

这可能就是传说中的，有趣的灵魂？

一定是的。

办公桌底下两个人躲着有些挤，陆耳耳可能因为蹲得有些麻，所以轻轻地动了动，手肘撞在我身上，又很快地收了回去。

大概是因为紧张，我有点不敢动，但视线一直放在她的身上，反正她是背对着我的，反正从我的角度也只能看到她的侧脸，所以有些猖狂了。

窗外的月光洒进来，显得这个空间没那么黑，然后我看到了她头上竖起来的小呆毛，有些蠢萌，有点想摸。

然后我缓缓伸出了手，却没想到陆耳耳突然转身，我的手悬在半空……咳，尴尬。回头干什么呢，我这边又没啥东西。

没过几秒，陆耳耳便转过头去，感觉像是没什么异常，不过，我却捕捉到了她的耳朵一点点变红的痕迹。

嗯？为什么这么红？

耳朵红这件事可能会传染，我看着看着，就感觉自己的耳朵也在发烫，紧接着，心像是被一根线扯着，也跟着迅速加快跳动……

我移了移位置，略微侧身对着她，很努力地不让她发现端倪。

不知道我“扑通扑通”的心跳，她有没有听见，要是听见了，我岂不是很尴尬？

第十五话 ×

「春耳CP」PK「辣手泽连」？不好意思，我选「江陆」

江泽野事件告一段落后，《你好大自然》节目也如期播放。

由于那次绯闻事件不仅没有对江泽野造成影响，反而还引来了更多的流量，所以可以看出节目组在尽可能保留江泽野的镜头。而陈子轩特地来救场的镜头被剪得七七八八，倒像个背景布。

仅仅是一个晚上，节目的讨论度就冲上了热搜前三，大家纷纷夸赞这期节目很有亮点很精彩。

泽粉 A：哥哥巨帅，想求个哥哥锅铲的角度。

泽粉 B：楼上的思想很危险，我就是哥哥手里的锅铲。

小莲花 A：小连好萌呀！呆萌呆萌的，想要带回家！

小莲花 B：连崽不哭，姐姐这里有三块钱！

……

原本是各家粉丝的彩虹屁时间，突然有一条评论被顶了上来——

我嗑的CP不会BE：啊啊啊啊啊！“辣手泽连”太甜了吧！妈妈，我磕到真的了！

此条评论被点赞了5000＋，于是舆论从节目本身又转向了“辣手泽连”这个CP，又有网友剪出了CP向的视频，甜度指数五颗星，再次引发了大众讨论。

而被讨论的两个中心人物，也就是我和江泽野本尊，此时正毫不知情地在海边吹冷风……哦不对，准确来说，只是我在吹冷风而已。

大概是之前传绯闻的关系，江泽野这段时间都处于待业状态。

简言之，就是很闲。

我是怎么看出来的呢？很简单，就凭我天没亮就饿着肚子坐在海边吹冷风，然后看着江泽野在我面前跑来跑去，不知道干什么。

当江泽野第七次从我身边跑过时，我终于没办法坐以待毙下去了。

我从地上爬起来，喊住他：“喂，能告诉我，我们要干什么吗？”

江泽野停下，看了我一眼，然后接着跑起来了。

我懂了。

他这是让我陪着他晨跑。

简直可恶。

但换个角度想，与其干巴巴地坐在那里吹冷风，还不如跟着他跑步，至少还能暖暖身子。念头这么一转，行动上也就立刻跟上了，我朝着他的背影跑去，没跑多久，发现他停在了旁边的一个店面前。

我有点疑惑，走过去，然后便听见他对着店主说：“救生圈多拿几个。”

“……”

为什么他买个救生圈像是买菜一样？

等他抱着救生圈转身，看到我后，也没有任何慌张，甚至还冲着我乖巧地微笑，一点做亏心事的感觉都没有。

但是，我偏偏有他要做亏心事的第六感。

我拉住他，问道：“你买这么多救生圈是干吗的？”

他也不遮掩，老老实实地答：“等会儿救你用。”

“救我？我这不好好的吗？”

“我最近看了一本书，故事中的男女主角跟你和沈春连的情况差不多，里面的女主角就是意外落海然后换回来的。”

“不是车祸吗？”

“你怎么知道？”

我的第六感果然对上了。

这货是没看过小说吗？小说都是编的啊！编的！

“我换了本小说，那本评分更高，占据了榜首。”他冲我解释。

我吐了口气，对他咬牙切齿：“所以你是想把我推到海里，然后再把我捞起来？”

“顺序是对的，不过我是在帮你。”

“帮我？帮我洗澡吗？”我难以置信，满脸疑惑。

江泽野没说话，立刻低下了头，不知道在想什么，不过耳朵却开始微微泛红。

他耳朵最近是有毛病吗？怎么动不动就红啊？我又没说错什么，也没调戏他，不就是洗……嗯……好像的确不太对劲，龌龊！

太阳渐渐地升了起来，天也渐渐亮了起来。

江泽野一把抓住我往海边走：“出海了。”

我使出全身的力气抵制：“会死人的。”

“有我在呢！别怕。”

天啊，就是因为有你在，我才会怕啊！

我委屈巴巴地往地上倒，见他松懈立刻抱住他的大腿：“我们不要一上来就玩这么刺激的好吗，我们循序渐进。”

江泽野不解：“怎么循序渐进？”

我贼兮兮地笑了笑，然后伸手拉住他的衣服借力爬了起来，紧接着抓住他的手将他带离这个危险的现场。

“去哪儿？”

“你到了就知道。”

又是那条靠近剧院的街道。

我将江泽野晾在一边，自顾自地给沈春连打电话，跟他简单说明情况后，他表示可以找时间带苏乐溜出来，完成这个上次没完成的任务。

江泽野走近我：“你们就是在这里互换灵魂的？”

我点头，然后低着头算着，最后拍了下手：“等会儿需要你演一下黄牛。”

“黄牛？”

“对，你要负责追沈春连。”

“哦。”江泽野点头，随后问，“你们上次不是在演这个戏吗？”

“上次不是被你打断了吗，而且黄牛还被你吓跑了！”我凶巴巴的，想想那次都快成功了，他突然来搅局。

“我不是不知道情况嘛。”

江泽野朝我苦笑，心虚地远离我一步。

过了一会儿，江泽野又移到了我旁边，扯了扯我的袖子："你真的不考虑用用我的方法吗？那个办法是我看了一百万字小说才得出来的精华。"

"你觉得，我想死吗？"

"当我没说……"

沈春连很快便来了，整个人春光灿烂像是中了彩票。他和苏乐的关系好像亲密不少，两个人竟然是手牵手来的。

我惊讶，江泽野也惊讶。

我朝江泽野招了招手，跟他窃窃私语："你表弟看起来有情况啊。"

哪想到江泽野完全处于状况外："女生手牵手看起来的确比男生手牵手要和谐一点。"

"……"

我怀疑自己听错了，盯着他的眼睛看了半晌。

这个团要是"糊"了的话绝对是有原因的。

沈春连见了我还是那副欠抽的模样，松开苏乐的手，拥向我，还没开口说话，江泽野一个眼刀过来，冷冰冰地朝着沈春连说："说话就说话，别动手动脚。"

沈春连㞞了，缩回了手，对我低语："他更凶了。"

我眯眼道："乖，别理他，快告诉姐姐，你们什么情况？"

"我们？"

我用眼神示意苏乐，苏乐看着江泽野，眼睛冒星星，根本没有注意到我。

"我们是好姐妹啊。"

我差点被呛死："不错，看来你很适应我的身份。"

这个点是上班时间，人流量不多，所以要趁着这时搞定这件事。运气好，今天过后我和沈春连各找各妈；运气不好，大不了再当一阵子男的，反正现在我也差不多适应了。

情景重现开始——

我和苏乐、江泽野和沈春连按照之前的样子兵分两路。

临分开之前，江泽野把我拉到一边："等会儿被砸的是沈春连，对吧？"

我点头。

他明显松了口气："那就好。"

"可那是我的身体哎。"

"疼的不是你就好。"

突然被撩到了怎么办？在线等解答。

在去往各自出发点的路上，苏乐一直在打量我，手也时不时伸出来又缩回去，看起来是想占我便宜又不敢。

我停下来，没忍住开口问："你想干什么？"

苏乐不是那种能藏事的性格，被发现了就干脆直接说清楚。

"我想看看你是不是沈春连。"

"？"

"因为陆姐说，她才是沈春连，你是假的。"

看来沈春连是告诉苏乐实话了，说明苏乐对他来说还是很重要的。我内心暗笑，又有八卦喽。

我强忍住开心："那你怎么想的？"

我的这个问题很简单，是想问她和沈春连的关系而已，却没想到这句话听在苏乐的耳里变成了另外的意思。

“我觉得陆姐是神经病，或者是在考验我。因为最近，陆姐知道我是你的黑粉，所以用这种很简陋的谎言想激励我，让我变得优秀，让我变得强大。”

“……”

“或者，这是你们之间的调情？”

“这是绝对不可能的。”我立刻否定。

“那就是我之前说的了……”

我无语了，差点忘记苏乐的脑回路和一般人不太一样。

她没理会我的沉默，自顾自地总结道——

“陆姐真好，为我背黑锅，又为我这么着想。我决定了，我要跟陆姐一辈子做姐妹。”

“……”

看来沈春连想要追到苏乐，还远得很呢。

路程不远，从我们各自的出发点跑到终点也不过几分钟。

当我们会合的时候，我心里默念了三个数，然后示意他们开始。这一次，相机向我砸来的时候，我还是闭上了眼，然后一股力将我推开，我摔在了地上。

也不是没有感觉，头有点疼，有点眩晕，还有点耳鸣。

只是这个时间并没有持续很长，我听到旁边的喧哗声，尤其是苏乐的。

我睁开眼，发现江泽野蹲在我旁边护着我：“耳耳，你醒了？哦不……你是小五，还是……”

我晃了晃脑袋，浑身疲惫：“我还是陆耳耳。”

江泽野眼里闪过一丝失望，不过也没有维持太长时间。

他将我扶起来，语气和往常一样，明明是关切的问候却听不出情绪：“你没事就好。”

那头，苏乐慌张得不行，泪水涟涟，手足无措：“你们别聊天了，快救救陆姐吧，陆姐被我砸死了！”

还是那个医院，只是躺在病床上的，还是沈春连。

都说风水轮流转，怎么还没轮到我啊？

沈春连的问题不是很大，就是轻微脑震荡，建议留院观察。苏乐满心愧疚，决定二十四小时看护直至他出院，于是风风火火便回去收拾东西了。

江泽野去缴费处缴费，我在沈春连的病床边削苹果，顺便看护。

手机突然响了一声，我歪着头，腾出两根手指解锁打开。

只见我们组合群里，沐凌分享了一个群文件，名字叫“西蒙君王×弱势小白莲，论‘辣手泽连’后那些不得不说的故事”。

“辣手泽连”？这个名字怎么有点眼熟，是小说吗？看起来很刺激的样子。

我刚要点开，那个文件被紧急撤回了。

这也太快了吧！

沈春连：沐凌，请马上重新分享，我要看！

沐凌：我的天，正主现身！

沈春连：你现在连粉圈用语都会了？

安铬：可能是最近沐凌太闲了哈哈哈哈。

沐凌：嘁，搞得你没在补课一样。

沐凌：小五，小五！你们最近可火了，那个综艺把我笑死了。

沈春连：喂！请不要转移话题！我要看那本小说！

正这么聊着，病房门被推开，江泽野从外面进来，手上拿着几张缴费单。

“他怎么样了？”

我摇头，将削好的苹果咬了一口，视线却一直停在手机上。

沐凌将小说私发给我，我刚接到，江泽野不知道什么时候站在我身后，顺便还把这个文件名念了出来。

“西蒙君王 × 弱势小白莲，论‘辣手泽连’后那些不得不说的故事。”

妈耶，这个名字看起来还好，念出来好像有点太羞耻了，我想捂耳朵！

“这是什么？”

“不知道啊。”

“那你接这个文件干吗？”

“不知道呀。”

就在这时，病床上的沈春连有了点动静，紧接着他便醒了，并且看起来还很激动。

“苏乐，我来了！我换回来了！”他兴奋地坐起来，在睁眼看到我的一刹那，石化。

“让你失望了。”我继续啃苹果。

沈春连盯了我三秒，然后，“呜哇”一声大哭起来。

我和江泽野明显没有想到这一出，两个人在他面前手忙脚乱地不知如何哄起。

江泽野：“你别……别哭啊。”

我立刻后退一步，将床头柜上的纸巾往他那边递：“快擦擦。”

江泽野：“人多力量大，办法总会有的，又不是只有这一个。”

我附和：“对，你老大看了一本一百万字的小说，里面就有解决办法啊，大不了我陪你一起跳海！嗯！”

……

在我和江泽野一通温柔的攻势下，沈春连哭得更凶了。

江泽野可能生气了，恢复了以往冷冰冰的样子：“一个大男人哭成什么样了。”说完立刻对着我比了个笑脸，“我是对他说的，不是对你。”

我笑着点头，非常淡定，嗯嗯，我懂。

只是我一个不小心，手上吃剩的半个苹果滚到了地上。

沈春连怕是感受到了江泽野身上的怒火，停了下来，但之前哭得太凶，没稳住，还在抽泣。

我头疼，江泽野头大。

好想离开这里。

多亏我运气还不错，在这个想法冒出没多久，小天使苏乐拖着一个行李箱就冲进了病房，满脸担心难过。

我想，沈春连你还是有希望的，毕竟苏乐对你这么关心难过，一定是对你有好感的！

但是，当我听见她的一声悲吼后，一种不祥的预感迅速地贯穿了我全身。

“陆姐——”

完了，大事不妙。

我露出一张苦瓜脸，望向江泽野，给他做了个“溜走”的手势。

江泽野非常赞同我，并且决定马上跟我走。

我和江泽野偷偷摸摸地往门外溜，在苏乐和沈春连即将来一个感天动地的痛哭二重奏时，我和他迅速开门、关门一气呵成。

安全了。

回宿舍的时候，沐凌和安铬在训练室里鬼鬼祟祟的。

我凑到他们身后吓了他们一跳，他们第一反应不是揍我，而是藏手机。

我微眯着眼，踮起脚偷偷摸摸地往他们手机上看："你们看啥呢？少儿不宜的东西吗？"

沐凌："你想多了。"

安铬："就是，这大白天的在这儿看太不好了吧。"

"哦。"我挠了挠头，"那你们藏着掖着干什么？"

沐凌打量了一下我身后，把我拉到跟前："之前给你发的文件看了没？"

"还没来得及看呢。"

沐凌："我跟你讲，现在的粉丝太厉害，画的图、写的文都太厉害了。"

安铬："对对对！我还打印了很多粉丝给我画的Q版贴墙上。"

我无奈地叹了口气："说重点。"

"咳——"沐凌郑重其事道，"所以，'春耳CP'是真的，还是'辣手泽连'是真的？"

如果说"辣手泽连"我只是有些模糊的印象，但它和"春耳CP"放在一起，我便立刻想起来这是个啥了。

这不就是江泽野和沈春连的CP名吗？

我双手成八字，抵在下巴处："你们就是因为这个神神秘秘，难不成你们还是CP粉？"

“当然不是！”他们两人异口同声否认。

我松了口气，但是没想到后面还有反转……

“我们就看个热闹，图个乐子。”沐凌补充道。

“……”

“所以正主，快给我们吃瓜群众解答吧！”

“无聊。”说完，我想走了。

然而我却掉入了一个难缠的狼坑，沐凌和安铬大有一种得不到答案不死心的架势。我终于还是败下阵来。

“为什么非要选这两个，我要选‘江陆’！”

他们两个很是疑惑，问号都写在了脸上：“‘江陆’是啥？”

“江泽野和陆耳耳呀。”

“哈？”

“你们不觉得我们两个……”

我本来是想说俊男美女的，但碍于他们还不知情，有些不好说，于是强行咽下。我大脑飞速运转，换了种说法。

“就他们两个就是俊男美女啊，男的帅，女的美，多好看，多配。”

沐凌和安铬兴致立马淡了下来。

安铬：“那不是你女朋友吗？”

我立刻否认：“谁说的，我跟‘他’不熟。”

沐凌摆了摆手：“可是老大和陆耳耳都没什么接触。”

我一本正经地胡说八道：“就是因为接触少，这样的 CP 才更有展望，更有前途。我劝你们趁早入股，不亏的哦。”说完，我扭头拿出手机就开始创建超级话题。

这是我第一次创话题，没想到一个人还没办法创建成功，还得找一拨人助力，顿时兴趣乏乏，将手机重新塞进了口袋。

出训练室的时候，和江泽野迎面撞上。我揉了揉脑袋，抬头看他，发现他一动不动，嘴角带笑。

诡异。

我抱着胸往后退了两步，准备绕开他走，却没想到他在我经过的时候抓住了我的手。训练室外面是条走廊，宽度有限。江泽野轻轻一推把我圈在了他和墙壁之间。

墙壁很凉，寒意透过衣服钻进我的皮肤。

我忍不住缩了缩脖子。

“你刚刚说什么‘江陆’呢？”

江泽野眼里含笑，不知道为什么看起来心情很好。不过他这话一出，我便知道为什么了。

刚才他听墙脚了！

堂堂组合队长竟然听队友的墙角！不要脸！

见我没说话，江泽野又重复了一遍刚刚的话。

我见躲不过去，有些不自在：“你刚刚不是听墙脚了吗？”

“不是。”否认得倒是很快。

我白了他一眼：“那‘江陆’是什么？”

“我和你的 CP 名。”

哈哈，被我抓到了吧！我满脸兴奋地翘起食指指着他：“还说没偷听！”没过几秒，我反应了过来，“等等，你说什么啊？”

这种本来就是私下玩玩梗就行，但明面上这么一说，我也不知道他是什么感觉，说出来倒有一种一厢情愿的味道了。

“我说，我……”

是警告吧？这个开头就是想警告对吧！

于是我伸手堵住江泽野的嘴：“你别说。”

我打算从另一边溜出去，却不料他的手突然撑向了墙边，将我的路挡住了。

如果配首温和的BGM，那现在一定是一个很浪漫很甜的场面，如果没有我因为一时没稳住撞上他的手肘后又被弹回来这个小插曲，这一定很完美。

反正不会像现在，变得这么搞笑。

连当事人江泽野都笑出了声哎！好气啊！

江泽野清了清嗓子：“你先听我说完。”

“好，你说。”

“陆耳耳，其实我……”

一声“砰”再次打断了他，我俩齐齐往后望去，发现训练室的门不知道什么时候塌了……真的是塌了……

沐凌和安铬缩在墙角低着头，瑟瑟发抖。

沐凌：“这门的质量也太差了吧。”

安铬：“太差了吧。”

沐凌：“得找何姐去换一扇。”

安铬：“去换一扇！”

江泽野的脸突然黑了。

说起来这位朋友还挺惨的，想说什么话总是没法说完，他好难，为他默哀一秒钟。

意识到我们此刻的动作不太对劲，于是我戳了戳他的手臂。

他大概是气得上头了，没理我。

我干脆弯下腰从他手臂下钻了出去。

江泽野这才反应过来，手忙脚乱地想追上我又不好太直接，于是大步走着，还不忘瞪一眼两位活宝。

等我们离开后，安铬激动不已。

沐凌一把将安铬往训练室里拉：“喂，你淡定一点，被发现要完蛋的！”

沐凌和安铭的吃瓜日记

待业在家的那些日子，沐凌开始肆无忌惮地网上冲浪。

某天，他无意点进了自家组合的超话广场，刷着刷着，一个不小心就点进了一个粉丝的主页，然后意外发现了另一个超级话题——“辣手泽连”。

这个超级话题名字十分奇怪，点进去后粉丝竟然有几万人，并且占据 CP 排行榜第三，排名第二的竟然是“春耳 CP”。

沐凌两个超话都逛了逛，最后停在了“辣手泽连”这个看起来很是暴力的超话里面。里面的粉丝斗志昂扬，决定冲一拨榜首。

结果隔了一个晚上，“辣手泽连”还真上了 CP 超话榜第一。

沐凌不是不懂 CP，只是江泽野和沈春连两个人组合在一起……他抬头幻想了一下……嗯，太奇怪了，他不能接受。

只是一个小时后，在他看了某位神仙大大的同人文后，他狠狠被打了脸，并且彻底沦陷。

这是什么神仙 CP！怎么虐到肝疼……啊啊啊，终于发糖了，感谢大大……我的天，怎么又开虐了，我不要刀！

一整个下午，沐凌都陷入了这样的怪圈，时而哭时而笑。

身为室友兼好友的安铭担心他是过度无聊而崩溃，于是凑近他，准备好好安慰他。

沐凌扭过头，没想到他的眼睛红得不行。

身为弟弟的安铭震惊了，哇，这是他第一次看见沐凌哭哎！平常都是对方欺负他让他哭的。

怎么说呢，那一瞬间的安铬爽到了。

咳，但绝对不能表现出来！

于是，安铬拿出一包纸巾递给沐凌："兄弟，稳住！"

沐凌秉着糖要一起吃，刀也要一起挨的原则，将同人文分享给了安铬。

安铬在看到角色名是自家老大和小五时，明显觉得手机变得烫手了。

沐凌："你就看几页，看不下去算我输。"

沐凌以一种狼外婆般的哄骗口吻顺利诱拐小孩入坑，于是最后两个人嗑 CP 嗑得一发不可收拾。

尽管他们在挣扎，觉得不太好，但也只是挣扎那么一下而已，极其没志气。

训练时间差不多到了，沐凌和安铬缓了缓情绪下楼准备去训练室。

没多久，沈春连和江泽野走了过来，两人心情好像不错，有说有笑，而且江泽野的手还搭在沈春连的肩上，看起来关系特别好。

等等——

搭在肩上！

这不是正主发糖吗？

原来吃到这么近的糖是这样的感觉！好激动！

等等——

正主？

如果正主是真的，那岂不是自己拿到的就是第一手资料嘛。

是不是还能激发下大大快点更新的欲望？

于是沐凌狡黠一笑，拉着安铭就往训练室跑，守株待兔，静等正主发糖，强扭的糖也可以！

第十六话 × 我喜欢的是你……哦 不是你

怪只怪我对微博的一些套路了解得还不够深入。

之前无意点的超话助力链接莫名其妙地分享到了主页里，一堆人一边猜测“江陆”意向所指，一边随手点击把超话给建立好了。

尽管等我反应过来后立刻把微博删了，但也止不住一小部分人的讨论。

眼看着我祖宗十八代都要被扒出来了，我总算是忍不住跳出来，发了条很是敷衍很是虚假的微博。

沈春连 V：之前微博不是我发的，勿猜测，感激。

尽管没什么说服力，但总算是把这件事从明面上压了下去，我坐在船上靠窗的位置一边吹海风一边松了口气。

但按照事情发展的顺序，我的气还是松早了。

“你，准备好了吗？”

寒风中，我理了理自己脑门上的头发，一副英勇得不行的模样。

沈春连转头，和我对视，嘴角翘起一个微笑的弧度，似乎对我有些不屑，淡淡说道：“这，还需要准备？”

我也嗤笑他，没错，我们谁也瞧不起谁。

这时，我们所乘的游轮晃了一下，紧接着外面的海面上翻起了一层不大不小的海浪。

我一下就傻了，瘫在地上和沈春连抱作一团，之后我俩对视，决定一起声嘶力竭地朝天喊道——

“我不要跳！”

接着我的眼泪唰地就掉了下来，沈春连不甘示弱，也“哇”的一声哭了出来，我俩抱头痛哭，看起来真是要有多惨就有多惨。

江泽野依旧环着手站在那里，面无表情地看着我们演戏。

我更想哭了。

我们演技有这么差吗，竟然一点共情也没有？

“表哥！就别让春连跳了吧，他身体才刚好。”

一个熟悉的女声响起，没过几秒，苏乐从游轮另一头跑过来，脚步故意放慢，极其浮夸。

表哥？

我凑到沈春连耳畔：“她信了？”

沈春连点头，满是骄傲。

嘁，不就是有喜欢的女孩子而已，这么骄傲的样子是想找打啊。

苏乐跑过来也像我们一样趴在地上，并且伸出了双手挡住了我……没看错，是挡住了我。

江泽野看到这一幕皱了皱眉，没说话。倒是沈春连戳了戳苏乐：“我是这个，不是那个。”

“哦哦哦。”苏乐擦了擦眼泪，又爬到沈春连面前，伸出一只手挡住嘴，“不好意思，因为你说你是沈春连，我就自己代入了。”

“……”

然而，苏乐丝毫没有因为这个插曲受影响，继续演她的戏，那场面真的是，闻者伤心听者流泪。

“表哥啊，你看看我们沈春连多惨啊，身体多弱啊，这个海多深啊，万一被大鱼叼走了怎么办？表哥，到时候后悔可就晚了啊。”

沈春连叹了口气，又戳了戳她，小声道：“戏过了！”

“嘿嘿，不好意思啊，我一想到江泽野未来也是我表哥，我就有点激动。”

“……”

沈春连的脸色有些难看，连表情管理都放弃了。

沈春连将苏乐拉到了顶层露台上，我和江泽野就待在原来的地方。游轮旁一堆的救生圈漂在海上，密密麻麻的。

尽管离陆地有一段距离，但这里也没有很深。我相信江泽野不会想要害我，虽然我也不太清楚他为什么执着于让我跳海。

死也要死清楚。

我就是抱着这样的想法，走近江泽野。

好的是，江泽野根本没想瞒我，他很实在地告诉我，就是因为那本小说。他花了几天几夜看完了那本排行榜第一的灵魂穿越小说，里面的男女主通过这样的方法穿越了很多次。

“大哥，那是小说。”

我其实还想说，你是不是傻啊，堂堂大队长信这些！有没有常识！

“可这件事情本来就很不可思议，不是吗？”

我被他说愣了，这样解释好像也很有道理？

“其实，还有一个原因。”他又对着我解释道。

“还有原因？”

“它的分类还有，人与自然。”

行，这就解释得通了。

江泽野，你就等着你老了被推销保健品吧！

“沈春连！”我冲着顶上喊。

沈春连探出了半个脑袋，极其疑惑。

“下来！”

“哈？”

在沈春连慢悠悠地走到我面前的时候，我抓住他的手腕，没给他任何思考的时间，就往海里跳去。

水花四溅。

估计所有人都没想到。

没有用。

我身体力行地告诉了江泽野一个哲理，那就是，孩子别太单纯，小说不要尽信。

当我抓着救生圈探出头，刚想喊“救命”，一只手环住了我，我扭头看到了江泽野的脸。

他是什么时候跳下来的？真是奇怪。

“你是陆耳耳吗？”他一手抓住我的腰，一手抹了把脸，有些不确定。

我点头，能感受到抓着我的那只手抓得更紧了。

是害怕吧？他也在害怕。

我怎么觉得他好像很怕失去我……

车上，尽管我和沈春连已经换了干净的衣服，江泽野还是把空调温度调到了最高。

很明显，他是有些愧疚。

“对不起。”

他一边开车，一边不经意地说出了这三个字。

沈春连拿毛巾擦头发的手停住了，满脸的难以置信。如果我没有猜错，这应该是他第一次听见江泽野道歉。

车厢内很安静，我咳了一声，歪头向后座说：“其实江泽野为了我们好嘛，有方法总比干等着好，对吧。”

沈春连点头，怕江泽野没看见，又出声：“嗯，对！”

江泽野只是神情复杂地看了我一眼，然后安安静静地开着车，没再说话。

等一一将他们送回去后，车开到了宿舍楼门口。

我打开车门，见江泽野没有下车的打算，又缩了回来：“你不回去吗？”

“我还有点事。”

“哦。”我了然，乖巧地下车，乖巧地站在一旁挥手和他说再见。

那个时候，我没想到竟然会和他分开这么长时间，如果提前知道的话，我一定……好吧，我也不能做什么，做什么错什么。

这没由来的挫败感是怎么回事？

俗话说得好，一日不见如隔三秋。那这三天，应该是我最难熬的九个秋天了。

“我好想他啊——”

我趴在床上，抱着头滚了一个来回。

这时，门被推开，我警惕地从被窝里探出了头，见是陈子轩，有些放松下来：“你打球回来了吗？”

陈子轩将篮球放到一边，应了我一声。他从抽屉里拿出一张湿巾，擦了擦脸，冲我笑道：“你刚刚吼啥呢，我在外面都听到了？”

“啊……这都能听见啊？”

“不能被听到吗？”

我讪讪地笑，见他好像很疑惑，并且没太听清的样子，随便找了个借口敷衍：“刚刚我在哼《好汉歌》，那什么，路见不平一声吼啊，哈哈哈！”

陈子轩被我逗笑，过来揉了下我的头后，拉开了窗帘。

外面天气很好，强烈的阳光照了进来，因为太亮，我有些睁不开眼。

“快拉上，我要瞎了。”

“你快起来吧，我带你出去逛逛？”

陈子轩看起来心情不错。这一段时间下来，他一直很照顾我，不管是跳舞，还是生活中的方方面面，他的确像个大哥哥一样。

我心里不忍拒绝，于是爬起来：“你要带我去哪儿玩？”

陈子轩朝我挑了挑眉：“去了你就知道了。”

陈子轩带我去的地方是电玩城。

说来也巧，我以前做记者的时候，压力大就会来电玩城释放压力，没想到陈子轩竟然和我差不多。

他在前台换了几百个币，分装在两个小筐里，将其中一个筐子递给我："玩什么？"

我接下，稍微思考了一下，就拉着他往"摩托车"的方向走。

飙车最能释放压力了。

几局下来，我没想到陈子轩竟然也是个老手，和我不相上下。

我开心地拍了拍他："厉害啊。"

他坐在摩托车上对我笑："你也不错哦。"

我更开心了，被夸奖谁不开心？

最后币玩得差不多了，我们在电玩城的冰激凌摊买了两个甜筒，坐在小角落吃。

"总觉得你和以前好像不一样了，比以前要亲人。"他说。

"亲人"这个词，怎么像是形容宠物的？

我愣了一会儿，很快回过神："可能是长大了，就觉得珍惜时光比其他什么要重要一点吧。"

"珍惜时光吗？"他喃喃。

"对啊，你不觉得时间是很珍贵的东西吗？它是唯一的，并且不会倒退。"

陈子轩盯着我，像是在思考我说的话，手上的冰激凌化了也没有察觉。我用手肘戳了戳他，指了指他手上的甜筒。

他尴尬地朝我一笑，接着开始收拾。

"小五……"他突然喊我，我回过头，只见他的表情充满无奈，"如果你被别人伤害了，你会原谅他吗？"

我从来没见过这样的他。在我印象里，他谦虚有礼，并且性子温和，是我很尊敬的人。尤其在我刚变成沈春连的时候，他那些无意的行为真的帮了我很多很多。

这时，电玩城里换了首歌，是一首 DJ 曲，很吵。

我将最后一口甜筒塞进嘴里，打算好好回答陈子轩的这个问题。

然而肩膀猝不及防地被拍了一下，我转头，看见了那张许久不见的、想念的脸。

“江泽野！”我忍不住笑，也控制不住分贝。

“小声点。”江泽野轻轻地捂住我的嘴，接着拉住我的手腕，对我对面的陈子轩说，“我有点事，先把小五带走了。”

陈子轩说了声“好”，然后站起来和我们挥手。

就这样，我被江泽野强行带出了电玩城。

不过我是不是忘记了什么，陈子轩的问题我还没来得及回答呢！但低头看见江泽野拉住我的手，我心里泛起微微暖意。

算了算了，来日方长。

江泽野今天穿得很正式，西装一穿，领带一打，特别精神，特别有男性魅力。

我一时都看呆了。

记忆里他穿正装都是出席正式场合，其他时候穿得都比较休闲，今天搞这一出，难道是等会儿还有什么活动吗？

正走神，他的视线突然转过来，我条件反射性地扭过了头，但又觉得有点太过不自然了，于是咬了咬牙，重新转过头，底气满满地问道：“你这几天跑哪里去了？”

江泽野眼睛里闪着光，向我靠近：“怎么，想我了？”

肉麻兮兮的。

我撑着腰，摆出一副“包租婆”讨债的样子：“想你个大头鬼，随口一问不行？”

他站在那里笑，揉了揉我的头：“你站着别动，等我一会儿。”

随后，他便往房子里跑，我这才意识到，我现在所处的地方好像是一个私家花园，周围花开得茂盛，颜色也很好看，就是不知道是什么花。

等了一会儿，江泽野还没有回来，我有些无聊，随意地逛了逛，又不敢走太远。

花园里，有个小池塘，池塘里有几条鱼，我被吸引了注意，便蹲在那里看鱼。

突然，我的肩膀被轻轻地拍了拍，一个玩偶熊拿着一大串蓝色的气球出现在我的视线里。

我没反应过来，捂住嘴，站了起来。

玩偶熊倒是不认生，直接给了我一个大大的拥抱。趁着我目瞪口呆的时候，他将手上的蓝色气球往我手上塞，我故意不接，他假装懊恼地拍了拍脑袋，然后笨拙地把气球绑在了我的手腕上。

我的手挣扎着，嘴角却忍不住翘起。

玩偶熊将气球给了我之后，牵起我的手带着我往里面走，每走到一个特定的地方，就会响起好听的背景音乐。

当然我音乐细胞欠佳，听不出什么名堂，只觉得好听而已。

等走了十几分钟后，我们来到了花园中心，小池塘旁边摆着一张桌子，桌上放着西餐和花，搞得挺有模有样的。

到达目的地后，玩偶熊站在我面前作势要把头套摘下来。

我一把又给他摁回去，装模作样地说："你可千万别是江泽野，不然这么幼稚的套路我会对他失望的。"

"……"

感觉玩偶熊的动作有停顿，然后他放弃了摘头套的打算。我在一旁偷笑，坐到了餐桌边，闻了闻牛排，极其做作地说："好香哦。"

玩偶熊愉快地摇头晃脑，冲着后面的服务员做了个小动作，拉小提琴的服务员有些不解，于是换了首曲子。

是偏抒情风的曲子，很好听，但……和现在不搭。

玩偶熊估计有些不开心，撑着腰就走到服务员身边，与他低语了几句，服务员立刻了然，拉了一首《熊出没》的 BGM。

“……”

前奏一响起，我就有点无奈。这是不是太幼稚了？

我懊恼地撑着脸，玩偶熊却硬把我扯起来，拉着我晃头晃脑，我被他逗乐，抱着他咯咯直笑。

“不跟你玩了，我累了。”我捂着胸口大喘气。

玩偶熊也不强求，顶着大脑袋晃来晃去。

隐约听到头套里喘息的声音，我向前迈了一步，作势去扒。

“你把头套摘下来吧。”

玩偶熊抱着脑袋死活不肯摘，见我靠近立马抱着脑袋往一边跑。

没过多久，江泽野回来了，穿着白衬衫，袖子卷在手腕上，额头上满是汗。

经过服务员身边的时候，江泽野朝他点了点头，服务员便心领神会，走上前将桌上的酒杯倒满酒后，便退下了。

然后江泽野径直走向我，在我面前蹲了下来，眼神诚恳，嘴唇轻轻开合，像是做好了准备一样。

我眨了眨眼，心乱如麻。

“陆耳耳，其实我是第一次做这种事。”他说的应该是装玩偶熊，估计担心传出来，别人说他幼稚。

我点头，用眼神暗示我可以保密的。

但他没有理会我，继续说：“虽然你现在顶着这具身体，但我思来想去觉得，有些事不说，很怕以后没有机会，所以，我想让你知道——只要是你，就算你这样，我也可以配合一下。”

“？”

我没听错吧！

他他他……他是喜欢我吗？是的吧！

“不……不用，大可不必！”我哆哆嗦嗦道，倒不是拒绝他的喜欢，而是“配合”这两个字总让我觉得有些奇怪。

江泽野以为我拒绝他了，露出一丝受伤的表情，但很快被他掩藏了起来。

“你不用紧张的，耳耳。”他低沉的声音惹得我的心跳开始不受控制地逐渐加快。为了不被察觉，我小心翼翼地调整呼吸，脑子里却一团乱麻，乱了分寸。

大概是因为我沉默得有点久，江泽野有些拿不准，于是解释说：“你不用怀疑我是喜欢谁，虽然你现在顶着小五的身体，但这段时间是因为你自己，我才能有不一样的感觉。我喜欢的，只是你。”

心里有股暖意，不能再装矜持了！我要答应！

白给的帅哥不能不要！

“我愿意！”我声嘶力竭地冲他喊。

可是，这时我听不见自己的声音，我疑惑地又喊了一遍，就像石头沉进大海，没有波澜。

我慌了。

江泽野，江泽野。

我伸手想要抓住他，却发现无论怎样都没办法抓住，反而离他越来越远。

与此同时，我的头突然一阵剧痛，接着我听见了各种嘈杂的嗡鸣，乱七八糟地充斥了我的脑子。

好痛，这是怎么了？

意识开始模糊，我坠入了一片漆黑。

旁边的手机开始一窝蜂地响起提示音，是最新的新闻：

M 市发生一起车祸，目前只有一人受伤，已前往春山医院就诊，据悉这位伤者是和 YUM 男团有过绯闻的娱乐记者陆耳耳……

沈春连醒来就发现自己竟然和陆耳耳换了回来，有点惊喜，但看到眼前的人一把将他拥入怀中，不停地重复着“陆耳耳”的名字的时候，他吓到了。

这是什么情况？他不是应该在 M 市出差吗？

他挣扎着从江泽野的怀抱里出来，看见了一张他从未见过的江泽野的脸。

有慌乱、紧张、痛惜……各种情绪出现在江泽野的脸上，格外精彩。

见他醒了，江泽野似乎松了口气，然后将他抓得紧紧的，打算说完最后的话。

于是乎，沈春连便听见自己的老大用一种极度温柔的语气对他说：“你要相信，我喜欢的真的是你……”

沈春连的瞳孔放大，满脸不可思议。

而这时，江泽野明显也察觉到了不对劲，只停顿了几秒脸色便沉了下来。

“哦，不是你。”

江泽野的内心活动

想要告白。

想要告白。

想要告白。

抱着这个想法，我询问了很多人，也百度了很多资料。

很多的答案都有一个共同的地方，那就是要让对方一开始保持一个放松的状态，然后进行火热攻势。

放松的状态……

屏幕上正在放前阵子我们拍的情人节广告，我在里面扮演了一只泰迪熊……

记得当时拍的时候，我穿着玩偶服出来还引发了在场很多女生的尖叫，那么是不是可以参考一下？

嗯，就这么决定了，要让你从那一刻知道，我喜欢你。

第十七话 × 你是我的人，保护你应该的

我想，这段时间进医院的频率简直创下了我二十几年生命里的历史新高。

我面无表情地睁开眼看天花板，脑袋空空的。

苏乐在我旁边哭得梨花带雨，我眉头皱了皱，睁开眼还没一秒便立刻又闭上了眼睛。但苏乐还是察觉到了，俯着身子，双手抓住我的右手晃了晃。

“陆姐！不对……沈春连，你醒了吗？”

“打住。”我朝她伸手，然后摁了摁自己的头。

不知道过了多久，等到脑子里的嗡嗡声消失后，我才反应过来，有点不太对劲。我扭头将注意力放在旁边的苏乐身上，苏乐见我望向她松了口气，立马凑上来：“你怎么样，还好吗？”眼神里很明显是强行压制住的慌张。

我望着她一时间失了神，又重新闭上眼，心里默数了三秒睁开——

果然，这不是梦。

苏乐并没有察觉到我的不对劲，情绪很是激动。她从一边的柜子里拿出一堆吃的，看样子是她赶早买的早餐，什么都有。

苏乐："虽然医生说你没什么危险，但我还是怕，所以每天早上都会去买早餐等你醒……"

说着，她又掉了几滴眼泪。

我把视线移到一边，讲真的，虽然同样是女孩子，但我真的是对眼泪毫无办法。

"苏乐，其实我……"

"你快吃点吧，你都昏迷三天了。"苏乐皱了皱眉，小声嘟囔，"也真是奇怪，医生都说你就头上擦了点皮，却没想到能昏迷这么久。"

我有些吃惊："你说什么？三天？开玩笑的吧？"

想起之前江泽野告白的场景，那是梦吗？也不知道那句"我愿意"有没有传达。

好难过哦。

这么想着，一个面包被剥开包装纸送到了我的面前。

肚子不合时宜地发出了咕咕声，我抬眼看着面包，然后接下它啃了起来。

那我就假装沈春连一会儿，吃完再说？

我昏迷的这三天其实发生了很多的事。

我一边啃面包，一边听苏乐说话。

"也不知道是哪个缺心眼爆料说 YUM 男团内部关系混乱，口说无凭，他竟然还真的拿出了照片，还是江泽野和沈……咳，陆姐，那照片可暧昧了，一看就是假的。”

“……”

“呃，就算不是假的，那也是江泽野和陆姐啊，不就是借个身体嘛，年轻男女谈了个恋爱怎么了，对吧？”

“……”

“喂，你啥时候变回去啊？再不回去，陆姐能招架得住吗？何况这次实锤蛮多的，还挺难解释。”

“……”

苏乐的性子本来就比较直来直往，容易急躁，见我不说话本来也是变着法子婉转回旋，到后来救不过来了，干脆就破罐子破摔。

“沈春连，你有话就直接说好吗！我不喜欢猜！”

我被苏乐尖锐的嗓子一吓，一口面包卡在了嗓子眼。

“咳咳咳……”我差点没被呛死。

苏乐又慌了，手足无措了几秒，然后坐在床边伸手拍我的背，一边拍，一边喃喃：“好了好了，我错了行了吧，以后我会温柔的，满意了吗？”

我缓了缓，开口道：“苏乐，其实我是陆耳耳……”

伴随着最后一个“耳”字音落下，病房的门被推开，沈春连站在门口定格了几秒。今天他戴了一副框架眼镜，穿得很“骚包”。

我见是他，也只是惊叹了几秒钟，然后扭头继续吃面包。

他那张脸，我以前每天看镜子都看腻了好吗？虽然的确是有点小帅啦，但是比不过我家江泽野！我们家江泽野可是从漫画中走出来的美男子！

沈春连见我一脸冷淡，装作受伤的样子：“哇，陆耳耳，你也太冷淡了吧，我特地来看你哎！”

我面无表情地回复：“空着手还敢说特地。”

刚刚才得知真相的，并且没来得及反应就被我俩夹在中间的苏乐有点蒙，在回过神后她发出了尖叫：“天啊！你们换回来了！”然后，她一屁股摔在了地上。

沈春连立刻跑过来扶苏乐，嘴里叨叨：“你小心点，别这么冒失。”

苏乐撑在他身上指着我：“陆姐，你唬我玩，还骗我面包。”

我耸耸肩，忍不住笑出了声，然后我的视线无意间瞥到了门外。

也是沈春连这么一跑，我才发现他的身后还站着一个人，穿着黑色的衬衫，戴着一顶渔夫帽，似乎比以前要显得沧桑许多。

我终于见到了我想要见到的那个人。

沈春连十分识相，将苏乐拉出去，留我和江泽野面面相觑。

好奇怪，明明很想念他，明明也知道对面的是谁，却不知道为什么显得有些拘谨。

“你……”

“我……”

“你先说！”我俩异口同声。

我迅速转移视线，江泽野也随手往床头柜上一抓，抓起了一个苹果。

江泽野垂眼看着自己手上的苹果，红通通的。

“我给你削个苹果吧。”他一边开口，一边拿起水果刀，然后慢条斯理地开始削。

我附和，双手放在胸前做了个鼓掌的动作：“好呀，好呀。”

江泽野没说话，低着头在那里削苹果。

苹果皮被他一点点拉长，我们之间也就一直沉默。眼看着苹果要削好，我忍不住开口：“哇，你好厉害啊，一整条呢！”

下一秒，江泽野手一抖，苹果皮断了。

“……”

气氛显得更尴尬了，我更是大气都不敢喘。

只见江泽野将剩下的苹果皮削干净，然后将那个苹果递给我，故作淡定道：“吃吗？”

我点头，接过苹果，毕竟也没胆子说不吃。

江泽野：“上次的话你听完了吗？”

我几乎是直接对应到了那一天，刚想说“听完了”，但转念一想，要是说没听完，会不会情景重现一下。

于是，我嬉皮笑脸道：“没有哦。”

江泽野只盯了我几秒，面色惆怅，并且没有开口的打算。

弱小无辜的我慌了，但此刻修改回答显得又很没面子，我缓缓地啃了口苹果，试探性地说：“不过我能申请加试不？”

“加试？”

“嗯！你得把这道题重新告诉我一遍，这是流程。”

江泽野并没有打断我的打算，反而面色温和地配合我：“那我重新说，其实我……”

“好的，我愿意。”我斩钉截铁，将那天没能亲口告诉他的回答郑重地传达给他。

“？？？”

“我这是抢答，需要加分。”

我有点羞涩地移开视线，目光放在了我手上的苹果上。

江泽野嘴角微微翘起，平淡的声音有了丝不易察觉的喜悦：“哦？

那我是不是要给奖励了？”

“奖励！”

我迅速转头，目光带笑地望向他，却没想到他突然朝我靠近，近到能从他的眼里看到我。

是我，陆耳耳的样子。

江泽野的脸朝我缓缓贴近，微弱的气息扑到我的脸上，扑得我脸颊发烫。

我配合地闭上了眼，嘴巴也很配合地翘起来。

快来！

等了一会儿，意料之中的吻依旧没有来到。我在心里盘算着，这速度不对啊，你就算爬，嘴巴也应该贴到我嘴上了吧！

然后我睁开眼，发现江泽野在距离我差不多两厘米的地方停住了，并且皱着眉，看起来很是烦恼，但身上散发的感觉又不太像。

“你在等待什么？”我脱口而出，说完又回味了一下。

该死，不过脑子说的话好像显得我过于急切了。

江泽野含着笑，叫了声我的名字，像是确定了什么一样。

“不是，突然变回来，还有点不太适应。”

“咦——”我迅速往后退了退，捂住了嘴，“你难道……”

江泽野，你不会是喜欢男孩子吧！

“瞎想什么。”江泽野有些不太高兴了，他站起来居高临下地看着我。我有些慌，一直靠在床头顺势捂住了脸。

良久，窗外传来一阵小鸟叽叽喳喳的声音，紧接着是江泽野认真的语气——

“我喜欢的一直是你啊。”

我从指缝中偷看他，看见他朝着我俯身，双手撑在我身后。

啵唧——他在我额头落下了一个吻。

醒了后没多久我便出院了。

江泽野把我送回我家，还没等多久便被杂志社的夺命连环 CALL 给喊走了。我坐在沙发上，环顾四周一遍又一遍。

太久没回来了，竟然有点陌生。

手机响起振动，我将注意力拉回来，是苏乐的微信。

苏乐：陆姐，主编喊我们明天去开会，是针对这几天小表哥组合绯闻的，他喊我们跟！

我：你叫得好顺口。

苏乐：反正早叫晚叫都是一家人嘛。

我：那在成为一家人前，我们还是先理清之前的事吧。

苏乐：？

我：五千块你还没给我。

苏乐：姐，你怎么还记得？

第二天一大早，我便去了杂志社。

苏乐将这几天的料一一转发给我，我看完大致了解到这次的黑点，无非是说组合成员关系混乱，并编了一出我、江泽野和沈春连三个人的三角恋。

我轻轻地叹了口气，将目光从手机上移开，发现大家都在看我。

嗯？我是哪里不对吗？

我低头打量了一下自己的穿搭，立刻反应过来。因为平常我的打扮比较朴素，沈春连替代我后，整天打扮得花枝招展，像个火鸡，大家好不容易习惯了火鸡打扮的我，如今再见到朴素无华的我后，明显都有些不自然。

尤其是我们杂志社的八卦团宠，见到我进来便像块牛皮糖一样迅速黏了上来。

“陆记者早。”

“早。”

“陆记者，今天心情不好？”

“嗯哼？”

“失恋了？”

“滚。”

会议室里，等人到齐后，孟主编迅速展开了这次会议的主题。

“这次 YUM 男团的爆料你们有什么好的角度吗？”

孟主编说完，底下一片沉默，纷纷看向我。于是他扶了扶眼镜，视线投向我：“耳耳，你有什么想法吗，毕竟这次还和你有联系。”

“我吗？”我将手上转着的笔放下，抬头看向他。

很明显他这话的潜台词就是想利用我赚个眼球呗，走流程问我算是对我的尊重了。

“我觉得可以反其道而行之。”

《MQ 娱乐周刊》虽然是娱乐性的杂志，但从创刊到现在，不管是专访还是播报的娱乐新闻，都是经过查证的，就算有偏差，也是手头上有能够推断的证据才会放。

所以在大多吃瓜群众的心里，MQ 的可信度很高。

如今网络上有关于 YUM 男团的消息层出不穷，并且有愈演愈烈的趋势。但 MQ 迟迟未出声，网络上无非有两种声音，第一，MQ 杂志社在包庇我；第二，MQ 有大招。

其实在孟主编心里，这两种是可以兼得的。

为了这件事的部署，我连续加了两天的班，从本报声明到联系营销号以及水军就已经耗费了我太多心力。

更何况我还要找到各种实锤一一反驳这些黑料。

这哪是记者该干的活，我觉得解决完这件事我可以改行去做公关了。

真是搞娱乐的一点都不快乐。

我抽空给江泽野发了条微信。

“帮了你个大忙，需要亲亲抱抱举高高的奖励。”

发完之后觉得有些肉麻，长按消息打算撤回，但转念一想，反正都是男女朋友关系，偶尔撒个娇怎么了！

我索性将手机往桌上一甩，然后带着那颗杂乱无章跳动的心去了茶水室。

茶水室里，孟主编在打电话，并且情绪有点激动。

“不可能，没有证据的事我不会瞎说的。”

“不报？为什么？我们也搞深度分析的，不随波逐流那是我们不吃那口饭。”

“别想利用我，没门。”

……

我拿着杯子站在门口，等到孟主编挂了电话才推门进去，假装巧合地问道：“好巧啊，主编。”

“耳耳啊。”孟主编朝我笑了笑，然后从咖啡机里倒咖啡。

“你看起来好像有点疲惫。”我试探性地问。

孟主编对我有些防备，敷衍地摇了下头，然后拿着杯子准备离开。

我突然想到了什么，喊住了他，走上前：“孟主编，我想问问之前那封关于江泽野绯闻的匿名信。”

“嗯？你说。”

“你知道是谁……”

我话没说完，孟主编开口说话了。

“小陆，你应该知道记者的守则吧，保护爆料人信息也是我们的守则之一。”

“嗯。”

“不过，有很多的东西最不能忽略的就是身边的人。”他意有所指，但不戳破。

然而，我好像知道了什么。

从最开始我收到的匿名私信到后面的爆料信，无一不再提醒着，这是一个熟悉的人。知道我们的行程和动向，也最能拍到所谓的“证据”。

了解沈春连的动向，知道沈春连的笔迹，能够拍到那些所谓的劲爆的照片……

我的脑子里一一闪过 YUM 男团成员的脸，最后停在了一个我最不想相信的人身上。

我迅速跑回位置，拿起手机准备告诉江泽野。

这时，苏乐慌慌张张地从外面跑进来，拉住我的手作势往外跑。

“陆姐，小表哥要和人打起来了！”

赶到 YUM 小别墅的时候，江泽野正一只手抓着陈子轩的领口，另一只手挥在半空。沐凌和安铬一人一边，很明显是在劝架。

沈春连则是拿着手机不知道干什么，有些手足无措。

我没有半点迟疑，冲上前站在江泽野和陈子轩中间，面对着江泽野，抓住了他那只挥在半空的手。

“江泽野，别冲动。”

江泽野看见我出现有些惊讶，但很快恢复镇定，手乖巧地放了下来。

站在一旁的沐凌见到江泽野这么听话的样子，扯了下安铬的袖子。

沐凌：“我的天，这到底是什么关系……”

安铬：“难道这就是小五说的‘江陆’？”

沐凌：“难道老大一直用小五当挡箭牌偷偷谈恋爱？这也藏得太深了吧！”

然后这两个人一副难以置信的样子站在一旁，明显对于这个瓜消化不良了。

我见江泽野放松下来后，紧紧抓着他的手转身看向陈子轩。

陈子轩脸上青一块紫一块，看样子是被揍过了。我从包里拿出一张纸巾，递给他。

他看了我一眼，偏过头，不接。

旁边的江泽野微眯着眼，冷冷地说：“你现在摆什么脸色？”

我背着手，捏了捏他的手指，暗示他不要说话了。没想到他愣了几秒，回捏了我几下。

我：“……”

还是高估了他的理解能力。

大概是有我和苏乐两个外人在场，江泽野也不想闹得太难看。所以此刻我们围坐在宿舍的客厅里，大家坐得零零散散，唯一不同的是，陈子轩坐在我们对面。

陈子轩垂着眼，如果不是脸上的伤痕，他的面色还是和往常一样温和。

江泽野身子往沙发上倾靠，淡淡地冲着陈子轩说：“说吧，为什么这么做？”

嗯嗯嗯？

我扭头看向他，小声朝他嘟囔：“你都知道了？”

他身子往我这边倾斜：“什么都让女朋友告诉我的话，那我也太没面子了吧。”

他说这话的时候，语气放轻，但是尾音被拉长，有一种调戏的感觉。

我抿着唇扭过头看向前方，迅速忽略他给我带来的影响。

尤其是，对不受控心跳加速的影响。

陈子轩冷笑了一下，伸手按了下嘴角的伤口，最后目光定格在了江泽野身上：“你说呢？”

江泽野对这个回答很不满意，脸色又沉了几分。

而陈子轩看见江泽野不悦的脸色明显喜悦了，双手撑在腿上，语速不快不慢：“最近的一次，是那个综艺吧。”

“嗯？”我有些惊讶。

他说的是那个美食综艺？和这个有什么关系？

不仅是我，在场所有人都和我是一样的心情，除了江泽野。

江泽野站起来走到陈子轩面前，放缓语气：“怪我抢走了你的机会？”

陈子轩站起来与他平视：“是。”

“我以为以你的脾气，你不会在意。”

“一次两次不在意，三次四次呢？”陈子轩苦笑，“因为脾气好，就可以不用征询我的意见，可以自作主张拿走我的机会吗？

“我不在乎这些综艺活动，我进娱乐圈，来这个公司就是为了舞台。我想唱歌，想跳舞，可是我们从出道到现在，我有几次站过中心位吗？

“就像我们最新的那首歌，公司最开始定的中心是我没错吧？但是你为了小五，为他争取那个 solo。那你有没有想过，我练那段练得满身是伤，等来的消息却是白练了。

“你是一个好队长，你为我们扛了所有的事，可偏偏你觉得我可以被忽略，你觉得我可以体谅，你觉得我可以接受。

“但你知道吗，我不想一直做个老好人。”

陈子轩说完便上了楼，留我们一群人带着吃惊的心情去消化它。

沈春连可能是在场最消化不良的。

他咽了咽口水，迟疑了一会儿，紧张地问：“所以那些机会都是老大你给我争取的吗？”

江泽野转过身走到窗边，没说话。

我朝着江泽野望去，阳光洒在他的脸上，尽管我只能看到他的侧脸，却也能感觉到他微蹙的眉头。

我可以理解江泽野，变成沈春连在这个团里的期间，陈子轩一直是那个很让人省心的存在，所以自然存在感就变得很低。江泽野要忙的事情很多，一直以来，他也把陈子轩当作是副手，多少有些忽略了陈子轩的心情。

我走上前，也不管场合，就抱住了他。

“怎么了？”他轻声问我，语气很温柔。

“没事，就是想抱抱你。”

江泽野转过身，双手放在我的肩膀上："这段时间辛苦了。"

"嗯？"

"那些澄清都是你发的吧。"

我点头，其实这个也不难解决，主要有理有据都可以澄清，大家自然也会往比较好的方向引导。何况互联网的记忆本身就有限。

我拍了拍他的胸口："你是我的人，保护你应该的。"

身后传来"咦"的起哄声。

哇，这群人真的太没良心了，这个时候不好好反省，竟然吃别人谈恋爱的瓜。

我歪着身子瞪了沈春连一眼。

沈春连见我瞪他，装模作样地往苏乐身上靠："苏乐乐，我是你的人，以后你要保护我。"

苏乐："滚。"

大家的心情好转得很快，可能是不想让江泽野太过沉重，所以藏在了心里。

与此同时，何云喊大家去公司开会，我猛地想起了陈子轩带我去电玩城问我的问题，所以留了下来。

"如果你被别人伤害了，你会原谅他吗？"

那个时候他肯定也在迷茫吧，如果我能早点给他答案就好了……毕竟这本来就没有什么对错之分。

我小心翼翼地走上楼，敲了敲陈子轩的房门，等待几秒后推开门走了进去。

陈子轩在收拾行李，偏头见是我，面无表情地说："陆小姐，我和你好像不熟。"

我站在他身后不敢上前，紧张地深吸了一口气，双手握拳，然后做了一个决定。

“陈子轩，前阵子你问过我一个问题，我现在很想回答你。”

陈子轩疑惑地回过头，有些不明白。

我猜到了他这个反应，垂着眼，自顾自地把心里的话说了出来。

“如果我被别人伤害了，我可能会和你一样，想要回击，想要让那些人知道伤害我的后果，可是好像这样并不会让人开心。

“我认识的陈子轩，温柔又阳光，坚持做自己，很随心也很自律，他不仅性格好，业务能力也很强，总是会带着跳舞很差的我不停地练，然后不停地夸我。

“就算他一时做出了伤害别人的事……果然啊，我真的没办法讨厌他。”

说完，我转身准备离开，陈子轩喊住我：“你怎么会知道这个问题？”

“你肯定不相信，那个时候的沈春连其实是我，听起来就挺令人难以置信的对吧。”

陈子轩沉默了良久，久到我以为他不会回答了。

“你收拾东西吧，我走了。”

待在这里有些尴尬，我找了个借口准备离开，在关门的一刹那，陈子轩的回答坠入我的耳朵。

他说：“我信。”

陈子轩的内心活动

做的坏事被发现其实是迟早的事情，所以在挨江泽野那几拳的时候，我接受了。

我确实应该承受伤害别人的惩罚。

比起将心事躲躲藏藏，这样好像要轻松得多，更重要的是，我还把想要说的话说出了口，整个人就像是气球漏了气，恢复了最舒适的状态。

感觉可以开始新的生活了，尤其是在见到陆耳耳之后。

在很长的时间里，我总觉得小五有点回到了以前的样子，虽然依旧开朗，但总感觉少了点什么。

是什么呢？

直到今天，见到陆耳耳，知道了那个离谱的秘密，我才知道少了什么。

那么一切都说得通了，包括那个我藏起来的秘密——

那一阵子我在失眠，翻来覆去睡不着，起床的时候发现整个房间只有我一个人，然后我在训练室看到了他，不对，是她。

她笨拙地一遍一遍练舞，然后摔在地上，张牙舞爪的，像一只小狮子。

明明跳得很丑，动作也不标准，我完全不能理解她凭什么能抢走属于我的位置。

那个时候我知道了。

她很可爱。

也很有魅力。

这可能就是唯一动摇我的秘密。

第十八话 × 骗我是需要付出代价的

陈子轩被揭穿后的周末，“微博崩了”成了朋友圈讨论的话题。

原因是凌晨的时候，陈子轩在微博上宣布退出 YUM 男团，并决定休养一段时间出国学习。

网络上，这件事引起了轩然大波。

粉丝 A：没有陈子轩的 YUM 男团已经不完整了。

粉丝 B：舍不得陈子轩，明明那么努力为什么要退出？

粉丝 C：是不是有什么隐情，退得这么突然！

……

YUM 男团其他几个人几乎是连夜被喊去了公司开会。尽管危机公关做了，这件事并没有传出什么负面的新闻，但陈子轩的突然退出的确影响到这个组合未来的规划。

说实话，我很担心江泽野。

江泽野总是一副若无其事的模样，但以我对他的了解，他其实很自责。他觉得自己没有做好，才导致这个组合分崩离析。

所以，在看到这个新闻的时候，我第一反应就是，要陪在他的身边。

我随便收拾了下就出了门，却没想到在我家楼下看到了陈子轩。

陈子轩穿着件浅咖色的风衣，里面穿着白色的毛衣，笑得很温和。他走近我，温柔地说：“陆耳耳，我要走了。”

我站在那里，不知道该说什么。

他指了指停在路边的出租车：“我今天的飞机，能……能送送我吗？”

我垂着眼，心里很复杂。

前几个小时，他擅自发布退团的内容，将所有烂摊子丢给了组合其他人，而现在他云淡风轻，一副什么事都和他没关系的样子。

让我觉得他很自私。

可是……我又想起了之前的点滴，那时候的认真不像是骗人。

于是我抬头和他对视：“好啊，几点的飞机？”

车上，我们两个都沉默着。

在车载导航播放“右转进入机场大道”后，陈子轩终于开了口：“对不起。麻烦你，帮我转达老大。”

我扭头看他：“你怎么不自己说？”

他没回答我这个问题。

今天来机场的人很多，机场大道很堵，他望着窗外，说道：“我特别感谢那段时间那个沈春连是你。

“像是只打不死的小强一样，浑身都有战斗力，然后不停地在扰乱我的糟糕想法。

“是你救了我，没有让我越陷越深。

“陆耳耳，谢谢你。”

出租车缓缓停在了登机口处，陈子轩没等车停稳就下了车，取了行李，却将我这边的车门关上。

我不解，摇下车窗：“不是我送你吗？”

“已经够了。”然后，他对司机说，“麻烦，把这位小姐送回去吧。”

车一点点消失在陈子轩眼里，他感觉自己好像做了一个梦。梦里，他做了很多糟糕的事，但还好他还有机会挽救，也还好……他可以得到她的原谅。

出租车行驶到半路，我跟司机改了地址，直接开到江泽野的公司楼下。

手机不停地响起提示音，我点开一看，是YUM男团集体发的微博。

江泽野V：前程似锦，YUM永远是你的家。@陈子轩

沈春连V：是像大哥哥一样的存在，很安心，希望有机会你还能教我跳舞。@陈子轩

沐凌V：轩哥做出这样的决定我们都很支持！冲吧！做你自己！@陈子轩

安铬V：你的《灌篮高手》漫画我继承喽，等你回来。@陈子轩

底下粉丝一片哀号，又感动又难过。

我看到这番和谐的场面，终于反应过来。

我好像把陈子轩想得太坏了，他应该也都做好了后面的准备，毕竟他一直是个很让人安心的存在啊。

出租车缓缓停在了江泽野公司的门口，江泽野像是和我有心电感

应一样，早早就在那里站着。

我下车，朝他挥手。

他冲着我笑，手从口袋里拿了出来，并且伸长了手。

我领会到了他的意思，想都没想就冲了过去，并且像个树袋熊一样，赖在了他的怀里。

“又让陆小姐担心了。”他抱着我，轻声说。

“哪有。”我嘟囔，不肯承认，索性换个话题，“你怎么知道我会来？”

“不知道。”他顿了顿，望着我，“大概是仙女的指引吧。”

“你好土哦，江泽野。”

“你喜欢就好。”

谁说我喜欢了？

这时不远处传来一阵窸窣，我偏头，看见沐凌和安铬两个人学着我和江泽野的样子，顿时鸡皮疙瘩掉了一地。

我立刻拍了拍江泽野的肩膀：“快把我放下来。”

“你不是要亲亲抱抱举高高的奖励吗？”

原来他还记得这一茬！我心里的小鹿不禁跳得更加愉悦了。

“可现在在大庭广众之下哎。”

“也是。”他装模作样地望了望左右，点了点头，“但我听过一个故事，说奖励不能只奖一半的。”说完，他的头一点点朝我凑近，我迅速将头往后移。

“你干吗？”

“还差个亲亲。”

第二天上班，孟主编开了个简单的小会，给我们临时交代了一些工作。

散会后，苏乐挽着我的手，心情看起来不错。

我随意地问道：“你中彩票了？”

她甩了下我的手：“我才没那个运气嘞。”

“那你这么开心干什么，嫌工作不够多？”

“哈？哦！”苏乐松开我的手做思考状，又一脸疑惑地问我，“刚刚开会有说什么工作吗？”

“……”

这还是以前混日子的苏乐，没错。

苏乐见我不说话，以为自己又说错了话，凑近我，小声地说：“陆姐，下班一起去吃甜点吗？”

“你的话题转得太快，我有点转不过来了。”

她朝我吐了吐舌头：“民……以食为天？”

话的确是这么说，我想到下班也没什么事，便答应了她。

苏乐开心地拍着小手回了工位。

因为孟主编临时布置的工作比较多，整个杂志社大厅都在认真工作。在我约好了几个专栏后，我抬头，发现对面的苏乐不见了。

偷懒就算了，但是这么明目张胆就过分了啊。

我拿出手机准备找苏乐，没想到苏乐偷摸着从外面小跑着进来。

“你去哪儿了？”我挺直了背，一脸严肃，将前辈的威信展现出来。

“我……”苏乐刚说出一个字，立马意识到什么，立刻闭嘴。

“你什么？”

苏乐摇头，一副打死不说话的样子。

“嗯？你倒是说完啊！”

苏乐继续摇头，嘴巴闭得紧紧的。

接下来的时间里，苏乐站起来，又坐下去，如此反复。除此之外，她还对我支支吾吾，每次说话都说半截，然后又迅速缩回去。

终于，在我把注意力成功地从她身上移到我的电脑的时候，她爆发了。

她狠狠地拍了下桌子，站起身来：“我憋不住了！”

我抬头，等她说话。

她见我在看她，又抿紧了嘴，五官几乎要扭在了一起，十分可怜。

“我……我要上厕所。”她带着哭腔，然后抓着手机就往厕所跑。

我第一反应是，难道她被人欺负了？

出于关心，我犹豫了几秒后，便跟了出去。

“我快憋不住了，你为什么要告诉我这个秘密啊，我真的好想说……”

我刚走进厕所，便听到了苏乐有点委屈又有点撒娇的抱怨声。

此时厕所没有其他人，我小心翼翼地走向声源处，凑近门——

“那表哥要不要帮忙啊，他是今天就告白吗？”

“那我下班把陆姐直接带过去？”

“嗯！你把地址发我，我要去上班了，不然陆姐该怀疑了。”

“好的好的，想你哦。”

……

听完后，我整个人处于一种惊讶的情绪里，连苏乐出来我都没来得及躲。

苏乐一出来看见我，像是见了鬼一样叫出声，好不容易缓和下来，她又摆出一张苦瓜脸。

“完了，我要被凌迟处刑了。”

我环着手，冷酷无情："你只有一条路，从实招来。"

据苏乐的小道消息，江泽野今天准备了一个惊喜想补上我之前错过的告白。

但前提是，惊喜。

我想江泽野肯定不知道，我已经知道了这个惊喜。

根据苏乐给我的地址，我来到了"连屿"酒店的顶楼，顺便还参观了下传说中的"连屿"酒店，果然名不虚传。

不过，告个白还走关系，有小脾气了怎么办？

我一步一步地走上通往天台的台阶，映入眼帘的，是一堵花墙。天台中心有个城堡形状的玻璃房，房子里有张桌子，很明显是烛光晚餐。

江泽野抱着一束玫瑰站在那里，一看就是在等我。

我踩着高跟鞋走过去，原本想装作一副"老娘不 care"的样子，没想到出师未捷，我倒是先被绊了一跤。

"……"

我很尴尬，差点摔个狗吃屎。

江泽野抱着花跑向我："没事吧？"

"没。"我挥手，内心腹诽，早知道就不跟苏乐换鞋子了！

江泽野把我领到桌前，拉开椅子让我坐下。

我再次强调"我没事"，他才放心地坐到了我的对面。

江泽野指了指桌上的牛排："尝尝我的手艺？"

"你做的？"

我很惊讶，没想到惊喜是江泽野同学洗手作羹汤，我也太有面子了吧！

想起之前那次，好像在那个私家花园里，桌上放的也是牛排。于是我顺口一问：“上次好像也是牛排。”

“嗯，”他喝了口酒，“也是我做的。”

“太可惜了，这次可以吃到了！”

我也不客气，拿起刀叉就开始切牛排，将牛排切成小块，我吃了一口，牛肉的嫩香在味蕾中绽开。

“好吃！再接再厉！”

“你喜欢就好。”他嘴角翘起微小的弧度，心里是窃喜的。

我原以为江泽野会在吃饭期间开启他的告白宣言的，但等到我酒足饭饱后，都没有等来。这期间无非是平常的寒暄。

我差点都要以为苏乐谎报军情。

明明是普通的约会，搞得我这么期待。

就在这时，花墙的方向传来“沙沙”的声响，只见一块白色的幕布缓缓移下来，紧接着是影像。

一首轻快的钢琴乐响起，画面中出现了纸片的漫画小人，一幕幕变换着场景。我一看就看出来，那个小人是我和江泽野，那些场景都是我们经历的故事。

一曲毕，江泽野向我走来，绅士地拉起了我的手，将我牵到了天台边。“连屿”酒店靠海，能看到海景，但这个角度不是海景的方向，而是旁边的另一栋楼。

我抬眼望去，然后大脑一片空白。

旁边是“连屿”酒店的另一栋楼，商用性质，楼前的广告牌经常投放各大品牌广告。可这个时候，那个偌大的广告牌上，是江泽野对我的告白——

相遇是意外，而你的到来予我惊喜。

我内心一颤，怎么有点想哭的意思了。

江泽野将我转向他，揉了揉我的脸："陆耳耳，不知道上次你是什么时候变回来的，也不知道你有没有听我说完那些话，我想把这些补给你，想让你知道我的认真……

"在你还是小五的时候，我就总觉得很奇怪，明明眼前的人没有变，为什么给人的感觉就很不一样呢，甚至还会动摇我的原则，动摇我的注意力。

"想说的很多，但一时间又不知道怎么开口，我很少说这么多的话，你不会介意我这次说的比上次少吧？"

看着他这么认真的样子，大概是感动过了头，我忍不住起了恶作剧的心思，尤其是他还不停地强调了"上次"。

不得不说，我一直很好奇上次沈春连换回去遇到的场景，但无论怎么问沈春连那个家伙死活都不肯说。

"老大。"我缓缓地吐出了这两个字，眼睁睁地看着江泽野的脸色一点点沉下来。

他的声音也变得低沉，已经不复之前的温柔："你们又换回去了？"

哇，原来江泽野同学这么双标的吗？我爽到了。

我眨巴眨巴眼睛，点了点头，内心却在窃喜，强忍住不笑出来。

"沈春连，"江泽野往后退了两步，拿起桌子上的酒杯，侧着身子不看我，"下次换回来你可以提前告诉我的。"

潜台词是，大可不必听他说完那些话。

我见他不看我，眼角的笑意悄悄地溢了出来。

"所以，老大，你是在害羞吗？"

"嗯，我怕我没忍住揍你，小姨又会来找我麻烦。"

“……”

天啊，江泽野，你好暴力。

虽然这么想着，但我心里早已乐开了花，就差放个烟花庆祝了。不过，这么好的机会，应该录下来纪念一下。

于是我偷偷地把手机从包里拿出来，刚按下照相机，江泽野却在这时转了回来。

我的镜头里，他在看我。

我没想到他会转过身，所以没来得及收回笑意。

见我举着手机，痴痴地笑。江泽野微眯着眼，似乎是知道了什么，轻轻地说：“还真是调皮啊。”

“哈？”讲真的，我没太听清。

江泽野重新朝我走来，在距离我一步的地方停下来，微微俯着身看我：“你说你是沈春连？”

我迟疑了一秒，迅速点头。

这个时候，必须要装死鸭子嘴硬。

“嗯。”他学我点头。

“那你把手机给我吧。”

“什么？”

“我和陆耳耳约定了，她要是不在，得由我保管她的手机。”说着，他趁我不注意，将我手上的手机抽了出去。

“喂！我什么时候说过！”我伸手去抢我的手机，完全忘记了我现在还在假装沈春连。

就在这时，江泽野一手抓住我腾空的手，一手搂住我的腰，在我毫无防备的时候吻了下来。很轻的一个吻贴在我的唇上，有淡淡的葡萄酒香。

“骗我是需要付出代价的。”

“谁骗你了？”

他没回答我,因为和我距离很近,他的气息扑在我的脸上,痒痒的。

“江泽野，你好变态啊，这样你都下得了口。”

“还要装？”

“……”说实话，我是怕的。

从我这个角度看，他的眼睛很亮，亮得仿佛能看透我的内心。

“专心。”

“这个姿势……”怎么专心!

后面四个字我还没来得及说出来，江泽野又吻了下来。

而这个吻和之前的明显不太一样，像是惩罚我一样不断加深，我感觉四周的空气逐渐被他抽离，心脏扑通扑通的，每一下都跟着他的节奏。

可是，站着接吻真的好累。

在我还剩一丝意识的时候，我被自己的脑回路惊呆了。

当然我的行动比我的想法还要快，我轻轻抬起脚，扭了扭酸痛的脚踝。江泽野感受到我的动静，松开了我。

天色慢慢变暗，这座城市的路灯陆续亮起，点亮了这片夜色。

“我喜欢你，陆耳耳。”

“我也是。”

（全文完）

番外十 做贼是什么滋味

沈春连自从变成陆耳耳后，最怕的人从江泽野变成了孟主编。

以前和孟主编也见过几次面，大概是因为合作的关系，孟主编显得很温和。但在工作上，他会变成很容易暴躁，却又很严谨的样子。

简直刷新了他的认识。

陆耳耳是怎么说出孟主编是个马大哈这种话的？

临近圣诞节，沈春连特地去找了苏乐，却没想到在苏乐家的小区里撞见了孟主编。尽管现在他已经变回了自己本身的样子，但他看见孟主编时后背还是忍不住冒冷汗。

孟主编先看到沈春连，拎着大包小包的菜，和和气气地跟他打招呼：“真巧啊，春连。”

沈春连没处躲，觍着笑问：“您怎么在这里？”

“我来看我女儿的。”

“原来是这样。”

孟主编又跟他扯了几句。

沈春连一边内心忐忑，一边面上强装镇定，等孟主编离开了，他几乎拼上了所有的力气往苏乐家跑。

等苏乐开门，他扯着苏乐坐在沙发上：“你猜我刚刚看到谁了？”

苏乐有点不开心，拦住他：“这是重点吗？我的花呢？”

沈春连这才反应过来，刚刚看见孟主编光顾着跑了，忘记把车上的玫瑰拿下来……他眼看着苏乐的表情越来越难看，心里越来越复杂。

苏乐：“男人都是大猪蹄子，你根本不喜欢我。”

沈春连：“救命！冤枉！”

沈春连清了清嗓子，准备为自己解释。

就在这时，门铃响了。

沈春连站起身准备开门，透过猫眼，他看到了一张熟悉的面孔。

震惊！

谁能告诉他，站在门口的为什么是孟主编？

沈春连在房间里躲了很久才出来。

之前一看到孟主编，他几乎是条件反射性地溜走，等镇定下来，自己已经错过了出现的最好的时机。

现在出去，会被当贼打吧。

大门口传来一阵关门声，紧接着是苏乐敲房门的声响。

“我爸走了。胆小鬼，出来吧。”

沈春连灰扑扑地出来，垂着头，经过苏乐的时候郑重其事地说：

“我真的不是怕。”

苏乐一副“我信了你才有鬼”的样子。

等两人走到客厅，沈春连又强调了一遍“我不是怕”，然后想起了什么，问道：“你怎么没跟我说过孟主编是你爸？”

“你问了吗？”

沈春连摇头。

“那你总不能让我到处说吧。”苏乐顿了顿，小声嘟囔，“何况我还靠着我爸混吃等死呢。”

两人还在那里你一句我一句扯着。

大门突然打开，一个中年男子带着笑冲了进来：“宝贝女儿，爸爸忘记拿钱包了。”

“……”

当孟主编看到屋子里突然出现了一个男人后，整个屋子的氛围陷入了沉寂。

孟主编在这个圈里摸爬滚打这些年，对娱乐圈的一些规则还是了解的，所以他一直不希望自己的女儿和娱乐圈的人打交道。

偏偏女儿痴迷追星，他不好阻拦，干脆就把她放在眼皮底下，图个安心。

可现在的情况，她不仅痴迷追星，还让她追到了手，更过分的是，还把男人藏在家里。

这让他更加头疼了。

“来来来。”孟主编招来沈春连，然后一把将他带出了门。

站在门外，孟主编也不用摆什么好脸色了，低声警告：“离我女儿远一点。”

“……”沈春连一颗心坠入谷底。

完了，好像得罪未来岳父了。

之后的日子里，苏乐明显有一种很奇怪的感觉。

平常她爸也不怎么管她，而现在时不时就要来查她的岗，甚至还上下班接送。

而沈春连更是常常托她带礼物给她爸，酒、茶叶、数码产品各种各样都送了个遍，但就是打死不敢见她爸。

苏乐卡在中间进退两难。

直到陆耳耳生日那天，江泽野特地在家里开了个小型 Party，邀请一些好友来给她庆祝。

苏乐坐在副驾驶座上，满脸不悦。沈春连以为她冷，所以把空调调高了一点。

“你想我闷死？”

沈春连又迅速调低了温度。

“你现在是想把我冻死吗？”

沈春连又伸手把温度调高。

如此反复，沈春连干脆把车停在路边。

“苏乐，你怎么了？”

苏乐懒得搭理他，他自己做的事怎么心里一点数都没有？

稍微思考了一会儿，沈春连决定先把给苏乐准备好的礼物给她。

果然，收到礼物的苏乐被安慰了不少，立刻打开礼品袋，里面有两个盒子。

苏乐拿起一个盒子，里面恰好是她最喜欢的那条项链，又准备打开另一个盒子的时候，沈春连出声了。

“那是给你爸的，我挑了块手表。”

“……”

车内立刻陷入死寂。

过了一会儿，苏乐把东西丢到他身上，白了他一眼：“你到底是在和我谈恋爱，还是在追我爸？”说完，不等沈春连说话便下了车，态度十分坚决。

留在车里的沈春连喃喃：“这还不明显吗？当然是追你啊……”

到了陆耳耳家，苏乐和沈春连离得远远的。

沈春连靠近江泽野坐着，眼睛却一直往苏乐那边看。

江泽野打量了一下，问道：“吵架了？”

于是大家都开始把关注点放在沈春连身上，沈春连朝他们招手：“你们低调点。”然后略微猫着腰跟他们讲了讲事情的起因经过。

沐凌咯咯笑：“你这怎么像做贼一样，约会还躲着岳父？”

安铬附和：“孟主编应该没那么可怕吧，之前采访都还蛮和气的。”

呵，一切都是假象。

他那个警告百分之九十九点九是认真的，不然为什么他送的礼物都被打包寄回了工作室呢。

“我觉得你需要勇敢点、诚恳点。”江泽野拍了拍沈春连的肩膀，“让他感受到，你不是闹着玩的。”

大家都点头赞同，沈春连也陷入沉思。

那他试试？

试试的结果就是，沈春连请了 MQ 杂志社所有人吃了顿饭。

地点是“连屿”酒店的 VIP 套间。

圆形的桌子，孟主编坐在上座，大家纷纷入席，你一句我一句地闲聊。沈春连也没摆什么明星架子，挨个给人倒酒。

等到了孟主编跟前，沈春连先是笑了笑，正准备倒酒来着，孟主编冷哼了一声："还不是靠着家里的背景。"

沈春连的手抖了抖，红酒泼了自己一身，于是灰溜溜地退后了几步。

苏乐拍了拍自己旁边的位置，示意沈春连坐过来。沈春连刚迈出一只脚，余光就瞥见孟主编警告意味的眼神，不禁打了个冷战。

于是他退回来，就近入座，刚好离苏乐和孟主编都有两个位置。

苏乐气得白他一眼，干脆就不理他了。

沈春连心想不好，但碍于孟主编在场，也不太敢过去哄她，只好低着头不停吃菜。吃到一半的时候，一个男同事凑了过来。

"谢谢沈春连请我们吃饭呀。"男同事摇摇晃晃的，显然是喝多了。

沈春连尴尬地笑了笑，拿起酒杯回敬，还没来得及喝，酒杯被男同事拦住了。

"这是什么？雪碧吗？哇，也太不给面子了吧。"男同事把酒杯抢了过来，把雪碧倒掉添上红酒的动作一气呵成。

沈春连尴尬地重新接回酒杯，只是里面变成了一杯酒。

"你干杯，我随意！"

"？？？"

这是什么敬酒词，他产生幻觉了？

男同事喝了一口抬头望他："你怎么还不喝啊？"

"我……"

沈春连磕磕巴巴，察觉到大家的视线都放在他身上，只好硬着头皮把酒给喝了。

喝完之后，他强忍了好一会儿才没有吐出来，但脸上的红晕出卖了他。

大概是有男同事的开头，大家纷纷过来给沈春连敬酒，也不给他推辞的机会。

沈春连没办法，全部照收不误。

他心想，以前老大给他们拦酒也是这样的吗？大人的世界真的好可怕。

苏乐因为生气饭都没吃完就跑出去和陆耳耳打电话吐槽，回来的时候，整个人惊呆了。

沈春连大概是醉了，一手环着孟主编的肩膀，一手给他倒酒。

“主编啊，我是真喜欢你女儿。”

孟主编大概也有点喝蒙了，眯着眼：“你说什么？”

“我说！我喜欢苏乐。”

“嗯，我知道。”

“你怎么知道？”

“你都偷看我女儿多少眼了？跟做贼似的。”

“啥？什么贼？”沈春连摇头晃脑，却因为听到“贼”这个字清醒了一点。

谁说不是呢？

从变成陆耳耳开始，他可不就是偷偷摸摸关注着她吗？

只是他始终不敢踏出那一步，如果不是陆耳耳刺激他……

最终，沈春连点头：“嗯，我是贼，一直想把苏乐偷走。”

哪想到孟主编一巴掌就打了下来：“什么贼啊贼的，我女儿怎么就不能光明正大的了。”说完，还伸手打，沈春连吓得站起来，围着餐桌转。

苏乐看不下去了，冲过去拦住了孟主编：“爸，好了，回家了。”

孟主编见是苏乐，轻轻拍了拍苏乐的脸，然后倒了下去，嘴里还嘟囔着：“这臭小子真没出息，我还等着他跟我宣战呢，缩头乌龟……”

苏乐鼻尖一酸。

苏乐费尽力气把孟主编和沈春连搬回家里。

好不容易安置好爸爸，她走到客厅，发现沈春连坐在沙发上看着窗外。

苏乐走过去，问：“你酒醒了？”

沈春连转头，回望她，轻轻地“嗯”了一声，但语气轻飘飘的。

苏乐半信半疑。

外面的月光打进来，洒在沈春连的侧脸上。

苏乐拿起毛巾走过去，想给他擦擦脸，她伸手的时候突然被他紧紧抓住。

“苏乐。”

“我在。”

“苏乐。”

“我在。”

“苏乐。”

“……”我想打你。

苏乐不耐烦地想要抽出手，却被他用力往里一拉，她整个人扑在他的怀里。

“你爸爸说我是贼，我想了想，在面对你的时候，我的确像个没什么勇气的贼。”

他贴近她的耳朵，一股酒气扑来，很奇怪，她并不反感。

甚至，她觉得这一刻的沈春连有些成熟，和平常的他大不相同。

苏乐的脸靠在他的肩膀上，感觉到耳朵旁有温热的气息，一阵又一阵的。紧接着，她听到他温柔的声音，就像一片羽毛一样飘下来——

“但你知道做贼的滋味吗？

“时时刻刻记挂你，并且乐此不疲。”

番外二 牵手与你 今夜星辉

01

YUM 男团自陈子轩退出后，公司做出了个重要的决定——

即日起，单飞不解散。

并且还给他们每个人建立了工作室，进行个人规划发展。

自那以后，江泽野主要就是做音乐，日子过得像个上班族，经常工作室和陆耳耳家两点一线跑。

可陆耳耳忍不下去了！

前阵子因为无聊和江泽野玩游戏，变着法子骗他喊她“仙女”，还得说情话。江泽野一开始别别扭扭的，陆耳耳看他害羞的样子也很是开心。

却没想到，时间一长，江泽野说情话上了头。

晚饭过后，陆耳耳去刷碗，江泽野靠在旁边看她，然后趁她不备，环上她的腰。

“你身上有好闻的味道。”

“……”

“我被黏住了。”

“……”

你是怎么能一本正经说出这么恶心的话的！

陆耳耳淡定地推开他：“那是洗洁精的味道。”

江泽野愣了半晌，呆呆地点头：“仙女用的洗洁精也是好闻的。”

“……”

陆耳耳：够了够了，我真的错了！

02

恋爱一百天纪念日刚好碰上了情人节。

陆耳耳和江泽野约好去看电影。

电影院门口，陆耳耳穿着往常的职业装等了一会儿，江泽野穿着白 T 恤牛仔裤就来了。

陆耳耳看着他陷入沉思。

他俩站在一起，有点像社会小姐姐包养小白脸……

她顿时不爽，冷着脸先进了影厅。

为了配合这个日子，电影院给这场电影设置的是情侣座。江泽野和陆耳耳并肩坐。

“我们看的什么影片？”

“文艺片吧。”陆耳耳掏出电影票，“名字挺文艺的，叫《花颜》。”

电影开始播放，陆耳耳越看越觉得奇怪。

这这这……这竟然是个出轨的故事！所以，谁能告诉她，这样的片子竟然分给了情侣厅？

陆耳耳不懂了。

她扭头看向江泽野，只见他盯着屏幕，样子还很认真。

她好烦。

好不容易等到电影散场，江泽野见陆耳耳兴致乏乏，拉着她逛街。

陆耳耳配合地随手拿起一件黑色连衣裙，心想赶紧买完走人。

出来的时候，她弱弱地望向江泽野：“你觉得还行吗？”

裙子的剪裁将她的身材包裹得恰到好处，领口的剪裁增加了性感的味道。

还行？

这已经不是行不行的问题了。

结合电影加上此情此景，江泽野好像懂了什么。

他一步一步靠近陆耳耳，逼得陆耳耳跟着他的步伐退回了更衣室。

啪嗒——

江泽野轻轻扣上了更衣室的门锁。

“喂，你干吗？”

江泽野淡淡一笑，伸出手撑在了陆耳耳身后的墙上，将陆耳耳圈在了墙与他之间。

他咽了咽口水，喉结轻微滚动了一下。

“耳耳，如果你是想享受这种刺激的话，我可以配合你的。”

“？”

等陆耳耳看懂了江泽野的眼神暗示反应过来后，她迅速捂住胸口。

“大……大可不必。”

03

江泽野从音乐节回来，就看见陆耳耳缩在沙发上。

原本是想打趣她的，他走近才发现有点不对劲，她好像发烧了。

他手忙脚乱地从房间里找出医药箱，发现陆耳耳坐了起来。

“好了？”

江泽野慢慢凑近，却没想到陆耳耳突然站起来，冲到他身上就开始……打他，嘴里还喃喃：“你这个臭怪兽，地球永远不可能是你们的！”

“……”

江泽野一手拎着医药箱，一手要抱住跨到他身上的陆耳耳，同时还要左右摇晃躲避她的攻击。

但还是挨了好几拳。

好不容易等到陆耳耳消停了，江泽野撕开退烧贴摁在她头上，稍微思考了一下，又稍重地摁了一下。

结果陆耳耳有反应了，闭着眼睛喊：“江泽野，快来打小怪兽，不然我就要被他打死了……”

“乖，不怕，小怪兽已经被我打跑了。”

等听到陆耳耳平缓的呼吸声后，江泽野伸手摸了摸脸上的伤。

力气还挺大。

04

陆耳耳自从和江泽野住在一起后，感觉生活好像没什么差别。

比如睡觉，还真的只是睡觉而已。

简单地在微信上和苏乐聊了两句，苏乐回了一堆表情包表达她的

惊讶。

苏乐：你们都在一起这么久了！

苏乐：竟然还没那个什么！

苏乐：究竟是你不行，还是江泽野不行？

“不行”两个字刺痛了陆耳耳的眼。

一定不是她的锅……

正走神时，背后传来了江泽野的声音：“电脑借我用一下。”

陆耳耳复杂地看了他几眼，然后挪开位置，回房间继续跟苏乐聊天。

江泽野用电脑的时候，发现陆耳耳的微信没退出。

小小的绿色图标一闪一闪的，江泽野原本是想帮她退出，一不小心手抖点了进去。

对话框打开，那句“一定是他不行”映入他眼帘，好奇地点进去后，江泽野的手颤抖了。

江泽野喝了瓶水，非常严肃地进了房间。

陆耳耳穿着一条睡裙，腿随意地搭在了床上，露出了雪白的大腿。见他进来，她眼睛都没转一下，问：“工作完了？”

江泽野淡淡地“嗯”了一声，将灯啪地关上。

“喂，我还在玩手机……”

还没说完话，陆耳耳感觉一个身影凑近自己，并且撑在了她的两边。

细碎的吻落下，一双手也悄悄地移到了她睡裙的衣角。

“哇！江泽野，你在勾引我！”

“对，所以你要不要？”

“……”

窗外传来“知了知了”的声音，吵得让人心烦。

“那……还是要吧。”

风卷起窗帘飘起，月光钻过树的缝隙映了进来，映在墙上的影子颤动着。

江泽野贴在陆耳耳滚烫的耳边：“我哪里不行？”

陆耳耳双眼睁大，什么叫搬起石头砸自己的脚，她懂了。

05

恋爱后第一次吵架。

江泽野喊上了沐凌、安铬和沈春连订了个酒吧卡座来买醉。

沈春连来的时候，桌子上的酒瓶已经堆成山。

“这是咋了？”

沐凌用眼神暗示江泽野，不好说话。

于是沈春连凑上前，坐在了江泽野身边：“怎么，吵架了？”

江泽野醉了，显得比较乖，于是一五一十地讲起了几个小时前发生的事。

江泽野光顾着工作忘记回陆耳耳的消息，让陆耳耳以为他失踪差点报警。最后回去的时候，陆耳耳冷着脸把他赶出去，让他面壁思过。

沈春连听了有些无语：“就这破事你就来喝酒啊？这陆耳耳也真是，不就是条消息吗？看见了再回不就得了。”

“……”

沐凌和安铬向沈春连投去同情的眼神。

江泽野把酒瓶很重地放在桌上，微眯着眼，极度危险。

“谁让你说她不是了？

“不把我放眼里？”

06

陆耳耳上班的时候，一个同事拿着一本八卦杂志凑到她面前。

“你看那个 YUM 的前队长，单飞没多久就和女明星陈松谈恋爱了哎。”

陆耳耳瞥了一眼，冷笑了一声。

这人明明就是她！怎么就成陈松了？

她气呼呼地拿着杂志拍了张照，发给了江泽野：“解释，立刻马上。”

江泽野：“我们的绯闻。”

陆耳耳：“那这个陈松……”

江泽野：“一清二白。”

陆耳耳：“敷衍……”

和沐凌、安铬一起开会的江泽野皱了皱眉，将手机放在桌上。

没过多久，手机又振动了一下。

陆耳耳：“你们肯定有一腿，今天晚上你不跪榴梿别想回家！”

这句刚好被过来拿文件的沐凌瞅到，他说：“老大你已经这么妻管严了吗？”

江泽野挑了挑眉，瞥向手机屏幕，极其淡然：“跪榴梿什么的，是不可能的。”

沐凌意味深长地“哦”了一声。

等到工作完回家，江泽野发现门真的被反锁了。

江泽野轻轻地敲了敲门，然后清了清嗓子，对着屋子里喊——

“耳耳，我买了榴梿，你吃吗？”

07

江泽野的新歌获了奖，主办方邀请他领奖并表演。

陆耳耳跟着江泽野一起去的，但她打扮得不显眼，和一群粉丝坐在一起极其低调。

江泽野的表演环节和领奖环节离得很近。

陆耳耳惊讶地发现他唱的那首歌，就是那次在天台上给她唱的那首。当时只有一首 demo，现在他已经作了词，并且都是和她生活的轨迹。

她心里不禁涌出暖意。

等到江泽野领奖发言，一些官方的场面话后，他突然话锋一转——

“我喜欢上了一个女孩，和她在一起的时间我才意识到，原来生活可以这么过。但是她很担心，她怕别人不愿祝福，所以我在等她准备好。”

江泽野顿了顿，将视线移向了台下陆耳耳的身上，眼睛里闪着亮晶晶的东西，很迷人。

“如果你准备好了，希望你可以上台。”

底下粉丝喧闹着，纷纷脸红心跳，还拿着荧光棒起哄。

“当然，我倒数五秒，如果你没上来，那我下去接你。”

……

这个晚上，江泽野发了一条微博。

江泽野 V：牵手与你今夜星辉。@MQ 小耳朵 [合影][奖杯]

后记

每迈出一步都像是一场冒险，都需要鼓足勇气

感谢你看到这里。

这个故事完成于 2020 年的春天。

春天总给人生机勃勃的感觉，会有温暖的阳光，会有很多花，会有很多绿色的草。有时会下雨，雨滴落在地上，好像心也会静下来。

这是我的第一个长篇故事，有很多地方都显得青涩，但能把它写下来并且画上一个句号，我还是很开心，有一种朝自己喜欢的事又踏出去一步的感觉。

要说明一下，这个故事里 YUM 男团的所有人，都没有原型。

如果硬是要扯一点，那就是 2019 年春天的《青春有你》了。那是我最真情实感追过的一次选秀。我还记得那阵子有一些糟糕的事出现，很容易影响我的心情。我抱着转移注意力的心态去看它，结果却因为那一群人笑过，感动过。

它有点不像是残酷的选秀，反而像一群男孩嬉闹的日常。

想要写男团的想法来源于它。

这个故事里的江泽野，是一个完美的人，什么都拔尖，所以他是这个团的队长，也在整个团里承担最多。

沈春连是家境最好的，但反而很自卑。因为以为自己的能力跟不上，在这个团里他遭受到的非议最多，他和团里其他的人都有着距离，也很沉默。和女主换了灵魂后，他看到了新的世界，才慢慢变得开朗起来。

陈子轩是最温柔的大哥哥，帮着江泽野照顾其他人，但因为太温柔了，就会被人忽略，成为可有可无的存在。这也是他后面搞破坏的原因。可他太温柔，我还是很喜欢他。

YUM 二宝沐凌和安铬就不说了，他们就是……说相声的。

他们五个人凑在一起，其实还蛮快乐的吧？我觉得市面上找不到他们这种配置的男团。（自信）

当然，这个灵感最重要的来源还是我亲爱的小姐妹小黑皮！

我们两个很早之前就认识，时间越长，就会发现契合的地方越多。像追星、聊八卦、看小说等，我们都能聊到一块去。

而且我觉得她好可爱，是那种脑回路很神奇的可爱。有时候她给我的回答，往往给我意想不到的感觉，很神奇。

不错，这个故事就是在我们的异想天开中诞生的。所以她叫我赞美她，我特地写了这么多。

如果以后有机会，很想以我这位朋友为人设写一个故事。

希望她不要飘。

然后，想感谢下这本书的编辑。

不管是哪个方面，我都很感谢她对我的帮助。

前几天，我翻到自己以前断断续续写的日记，竟然翻到了她以前给我的一些工作建议，当时就觉得我能成长为现在这个样子，和她跟我说的很多话是分不开的。

感谢她选择我，相信我，给我机会，虽然成长得不是很快，但我依旧会努力前行的。

我还有很多想要做的事情，每迈出一步都像是一场冒险，都需要鼓足勇气。

我之前看过一部日剧，忘了叫什么了，但有个情节是：女主角问自己的爷爷，为什么会选择开书店呢？奶奶替爷爷回答，因为爷爷的梦想是当作家。

女主角又接着问，为什么爷爷放弃了呢？

奶奶说，因为他总是一拖再拖，最后推到了这个年纪。

当时看到这里的时候突然就怔住了，总觉得不能再这么拖着日子了，一定要动起来呀，趁现在还活力满满，有什么还能比遗憾的感觉还要差的吗？

我觉得应该没有了。（笑）